獅子吼《ししく》

浅田次郎

文藝春秋

目次

装画　木内達朗
装丁　野中深雪

獅子吼《ししく》

獅《し》子《し》吼《く》

1

南天の雲居から顕《あら》われた月光に瞼《まぶた》を射られて目覚めた。

このところ日がな一日、暗鬱な霖雨降りが続き、夜半になると刃物を抜いたように月が出て、私の夢を破る。

悪い夢ならありがたい。しかしそれは決まって愛する妻と子の夢で、双手《もろて》を挙げて歓喜し、かき抱かんとするすんでのところで目覚めてしまうのである。意地の悪い夢魔のしわざではないかと、私はこのごろ考えるようになった。

闇に横たわったまま、しばらく月を眺めた。洞《ほら》の入口には、山肌を伝い落ちてくる雨水が真珠をつらねたように滴《したた》っている。昨日も明日もない望月《もちづき》が、私の体を斑《まだら》に染める。

その雫《しずく》の影が無数の弾痕のように思えて、私はふたたび瞼を鎖《とざ》した。

しかしいくら思いめぐらせても、幸福な夢の続きを見ることはない。眠れぬまま湿《し》けった岩の上で寝返りを打ち、過ぎにし日々の記憶をたどるだけだった。

父は言った。

けっして瞋《いか》るな。いかに身をこごめ、足音を忍ばせようと、瞋りの気は伝わる。飢えたくなければ瞋るな、と。

父の訓《おし》えはそのひとつきりだった。狩りの技など教えられた憶えはない。瞋りさえしなければ、獲物は私が目の前にまで迫っても逃げなかった。

そのうち私は、常日ごろから瞋りの感情を滅ぼすようになり、やがて瞋りそのものを忘れた。時を経た今となっては、いったいその感情がどんなものであったかも、思い起こすことはできない。

だから草原の水場で人間の投げた網に搦《から》め取られたときも、驚きこそすれ瞋らなかった。檻《おり》の中のわが身を売り買いされたときも、不安と屈辱にちぢこまっただけだった。

ふしぎなことに、瞋りのほかの感情は何ひとつ欠けてはいない。だからこの見知らぬ国に運ばれて、人間どもの晒《さら》し物に身を堕《お》としてからは、空を飛ぶ鳥を嫉《ねた》んだり、労せずして与えられる肉に歓喜したり、しばしば父母を思い出して嘆いたりした。

とりわけ妻を娶《めと》り、愛し合い、子を授かったときには、人間たちに心から感謝をした。

馴致《じゅんち》されたとは思わない。そもそも瞋りという感情を持ち合わせぬ私は、人間の与えてくれた幸福を素直に享受したのだった。

父の訓えは正しかった。

けっして瞋るな。瞋れば命を失う、と。

その訓えの通り瞋りを忘れた私は、美しい妻と愛くるしい子らを得て、幸福になった。

妻は草原を知らなかった。

遠く離れた都会の公園の、檻の中で生まれたからである。妻の父母がふるさとの話を語り聞かせなかったのは、一生を晒し物として過ごすほかはない娘を、不憫《ふびん》に思ったからなのだろう。

だから妻は、草原を知らないどころか、草原の話すら聞いてはいなかったのだ。

父母の心にまで思い至らなかった私は、幼い日々の記憶を寝物語に聞かせてしまった。そのときの妻の驚きようは忘れがたい。彼女は私たち種族が、みな檻の中で生まれて檻の中で死んでゆくものと思いこんでいたのだった。いや私たちばかりではなく、周囲の檻や、声ばかり聞こえて見えざる岩山にある獣たちのすべてが、そういうものだと信じていた。

驚くのも当たり前だ。獣たちの本来あるべき場所は、遥かな草原や深い森の中だなどと、どうして彼女に信じられよう。空を行く鳥のように、大地を自由に駆け回っていたなどと。

妻は夜ごと私に草原の話をせがんだ。しかし私とて、幼い日の記憶がそれほど豊かではなかった。同じような話をくり返し、ときには見もせぬものを見たように語った。

いったい彼女は、どうしてあれほど執拗に、帰らざるふるさとの話を欲したのだろう。今さら聞いたところで詮方《せんかた》ない話を。

妻が私の話を聞くことで、みずからの運命を嘆き、瞋りの感情を抱くのではないかと私は怖れた。だが、彼女はけっして瞋らなかった。おそらく私の父の訓えと同様に、妻もまた都会の公園の檻の中で、父母からその心得を授けられていたのだろう。

妻は夜ごと私の話を聞きながら、私の腕の中で眠った。

子らを授かったとき、妻は私に懇願した。草原の話を聞かせてあげて、と。

酷《むご》い話かもしれないと思いもしたが、私は妻の願いを掬《きく》して、いまだ目も開かぬ子供らにふるさとの話を聞かせた。よしや帰らざるふるさとであろうと、父祖の生きたところ、おのれのあるべきところは知らねばならぬと思ったからである。

妻の親は娘を不憫に思って語らなかったが、妻はその親心ゆえに無知であった自分自身を、不憫に思ったにちがいなかった。

涸《か》れ尽きていたはずの記憶は、子供らに語るうちに掘り起こされた。

草原の風の匂い。乾いた大地と、たくましく根を張る灌木《かんぼく》。水場に群らがる獣たち。それらは弱きに見えて、身を守る術《すべ》をそれぞれに知っており、けっして人間たちが投げ入れる肉のように、たやすい餌ではないこと。

伝説でもいい、と私は思った。たとえ檻の中とは無縁の話でも、おのれが本来かくあるべきと知れば、晒し物でも見世物でもない矜恃《きょうじ》を、きっと持つことができるから。

いくらか大きくなったころ、聡明な子が訊《たず》ねた。「狩りのとき、一番大切なものは」と。

私は、一生狩りなどするはずのない子らに向かって答えた。

「瞋らぬことだ。瞋れば命を失う」

草原の父は言葉少なだったが、檻の中の私は多弁でなければならなかった。なぜなら、私たちの住まう場所は人間の世の一部であり、自然の摂理に反しているからだ。

「人間に従順たれという意味ではない。一塊の肉を得んがために媚び諂《へつら》ってはならぬ。どこであれいつであれ、瞋れる者は命を失う。瞋れる順に種族は滅びる」

そもそも瞋りという感情を知らぬ子らには、まったく理解できまい。だが、子らがいつか我慢のならぬ理不尽を感じたとき、この訓えを思い出してくれればよいと私は思った。

百獣の王たる獅子の掟《おきて》である。

幸福な時間は長く続かなかった。

乳離れをするとほどなく、子供らがどこかへ連れ去られてしまったのだ。妻は吼《ほ》え続け、声が嗄《か》れると倒れこむように眠り、目覚めてはまた吼えた。

傷悴《しょうすい》する妻に向かって私は、これは貴い獣の宿命なのだ、おまえが親と引き離されて幸福を得たように、子らもきっと見知らぬ土地で幸福になるのだ、と諭した。

これが幸福でしょうか、と妻は言った。そのとき私は、草原の話を妻や子らに聞かせたことを悔やんだ。それを知りさえしなければ、妻も子もこの別れを檻に棲《す》む者の宿命と信じて、さほどに悲しまぬはずだった。しかし本来は草原に棲む種族であると知っている妻子は、別れを人間のもたらした理不尽と考えて嘆いたのだ。妻の父母は思慮深かった。

雪の来た日に妻は死んだ。肉も食わぬまま瘦せ衰え、氷の張った池のほとりで。

陽《ひ》が翳《かげ》って寒くなったから、そろそろ洞に入れよと言っても、妻は水場に身を横たえたまま動かなかった。じきに山顚《さんてん》から、落葉を巻き上げて初雪が下りてきた。

私の体に降りかかる雪はたちまち溶けるのに、なすがまま白くまみれてゆく妻が哀れでならなかった。叶うことなら妻の魂が、海山を遥かに越えてふるさとの草原へと帰ることを祈った。

妻の死は予感していた。だから私は、悲しみこそすれ驚きはしなかった。来たるべきときが来ただけだった。

本当ならば子らと別れていくらも経《た》たぬ夏のうちに、妻は嘆きのあまり死んでいたはずだった。その命をしばらく支えたのは、私ではない。瞋りを知らぬ妻は、私がまるで不幸の元凶であるかのように、心を鎖してしまったのだった。

かわりに妻を慰め続けたのは、若い飼育係だった。彼は日ごと夜ごと檻を訪れ、心から妻を慰め、細かく挽《ひ》いた肉を手ずからその口に与えた。彼の苦心がなければ、妻は日を経《へ》ずに死んでいたはずだった。

だから山々が赤く染まる秋の終わりに、その若者がありったけの肉を抱えて檻を訪れ、兵隊にゆくからもう会えないと告げたとき、私は妻の命の尽きることを知った。

翌《あく》る日からは二度の食事が一度になった。それもやがて腐れた肉に草や雑穀を混ぜた、ひどい代物に変わった。どうかすると、鼠の死骸がバケツに入っていることもあった。

妻が口をつけようとしなかったのは、それらがまずかったからではなく、獅子の矜《ほこ》りゆえでもなかった。そんな理由が空腹を超克するはずはない。妻は生きるよすがをなくしたおのれが飢え死ぬことで、私を生き延びさせようとした。

飢えたくなければ瞋るなと父は言った。

だが妻は、瞋りもせずに飢えて死んだ。

雪に埋もれてゆく妻の体を見つめながら、私は考え続けた。あれからずっと、長い冬が終わり春が巡り、ふたたび暗鬱な霖雨の季節となっても、考え続けている。

2

直立不動になった僕のまわりを、後ろ手を組んで歩みながら准尉は言った。

「ええが、草野。貴様を留守隊に残したのは、この俺だじゃ。まづがったって亡ぐなったお父《ど》さんへの義理立てではねえぞ。貴様みでなうすのろを戦地さ出せば、みんなが迷惑する。銃の引鉄《ひきてつ》もおっかなぐて引けねえ兵隊では、万に一つも生きては帰れね。んだがら俺は大隊長殿に、草野二等兵は農学校を出ておりますゆえ、留守隊で勉強させて幹候さ受けさせてけろと申す上げたじゃ。大隊長殿も誰も、みな大笑いしたぞ。貴様が帝国陸軍の将校になるなど、誰が信じる。俺と貴様のお父《ど》が幼なじみで、徴兵検査も入営も同期だったこどは知らぬ者がねえ。准尉のやつ、飯《メンコ》の数を笠に着て勝手を吐《ぬ》かしやがると、誰もが思ったにつげえねえ。もっとも、そんたな誤解は百も承知じゃ。人事を掌握する大隊付准尉としてはだな、足手まといを戦地に出すわげにはいがね。親心などではねえぞ。部隊の戦力を考えれァ、屑は残留させて、俺がまとめて面倒見るほかはながろう。んだどもそんたなことを言やァ、貴様らの立場もあるめえがら、何のかんのと理由をつけとるだけじゃ。こら、聞いとるか、草野」

目を瞑《つむ》っているわけではないが、瞼が腫《は》れてきて何も見えなくなった。「はい、聞いております」と僕は答えた。

准尉は僕の正面に立って、膨らんだ顔をしげしげと見つめた。

「ずいぶん可愛がられたもんじゃのう。留守隊の連中は貴様と目糞鼻糞ゆえ、手かげんを知らねな」

准尉が暴力をふるうことはないが、いつまでもこうして説教を垂れられるほうが耐え難かった。ともかく顔を冷やして、流れ続ける鼻血をどうにかしたかった。

梅雨空《つゆ》の彼方から砲声が聞こえた。准尉は長靴《ちょうか》の拍車を鳴らして窓辺に倚《よ》り、雨滴のすきまから営庭を見た。

「艦砲射撃だなっす。この空模様だば沿岸には山背《やませ》がきて何もハァ、見えねえだろうに」

オホーツク海から厚い雲の押し寄せる山背の季節になれば、空爆も艦砲も止まるだろうといわれていたが、沿岸の重工業地帯は連日のように叩かれていた。たぶん工場などは、もう影も形もないだろうに。

「んで、何だと。当番に出たのをこれ幸い、炊事場から糧秣《りょうまつ》をかっぱらって営外に持ち出そうとしたどころ、衛兵に見つがったと。そりゃおめ、泥棒でねえか。留守隊は顔見知りばかりゆえ、こうして部隊に引き渡すぐれえですんだが、平時ならおめえ、俺の出る幕はねえぞ。憲兵隊が駆けつけて、重営倉にぶちこまれたうえ、へたすれァ軍法会議だじゃ」

准尉は机の上に置かれた証拠品の雑嚢《ざつのう》を摑み上げて、僕の足元に投げた。

「泥棒ではねがんす。どのみち捨てる残飯だら、いただいても構わねと思いました」

僕は精一杯の抗弁をした。そのことが殴られたり裁かれたりする罪だとは、どうしても思えなかった。

内務班でも同じ釈明をしたが、とたんに古兵たちから半殺しの目に遭った。それでも僕は、捨てる残飯を炊事場から持ち出したことが、軍規に触れるとは思えないのだ。

准尉ならば、殴らずに理由を聞いてくれるはずだった。

「大川軍曹の許可は得たか」

僕は答えをためらった。炊事班長の大川軍曹には、事情を説明したうえで許可をもらった。ただし、「衛兵に見つかるでねえぞ」と注意されたのもたしかだった。新聞紙にくるんだ残飯からしみ出た汁を、目ざとい衛兵に発見されたのは不覚だった。

僕の不注意なのだから、同じことを何べん問い質《ただ》されても、大川軍曹の名前を出すわけにはいかない。

「いえ。許可は得ておりません」

准尉は訝《いぶか》しげに僕を見つめた。たぶんお見通しだ。

「炊事当番の二等兵が、勝手にやっただな」

「はい、そうであります」

それでよし、とでもいうふうに准尉は椅子に腰を下ろし、莨《たばこ》を一服つけた。

「んだがよう、草野。残飯の中味は豚の骨と鶏の頭でねえが。娑婆《しゃば》の家族がこんたなもんを貰って、喜ぶとも思えねえ」

「残飯は豚の餌に払い下げられると聞きました。それでは共食いでありますから、豚のためにもなると考えたのであります」

「理屈はええ。こんたな残飯を、いってえどこさ持ってぐつもりだったのか、と聞いとるんだ」

「煮出せばうめえ汁になりあんす」

准尉はしばらく、机の上で煙缶《えんかん》を弄《もてあそ》んでいた。いったい何を考えているのだろうと、僕は腫れ上がった瞼をしばたたいた。

「おめ、農学校では何を勉強してた」

「はい、畜産であります」

「そうか。それァ良《え》がったな。んで、西山の動物園さ就職したというわけだ」

ひやりと肝《きも》が縮んだ。やはり准尉は何もかもお見通しなのだ。その先の言いわけが思いつかず、僕は雨の窓に目を向けた。

この町に騎兵聯隊《れんたい》があるのは、名だたる馬産地だからだ。だが、本隊が戦地に出てしまった今では、厩《うまや》に繋《つな》がれた軍馬は数えるほどだった。どいつもこいつも、留守隊の兵隊と同じ役立たずである。徴用しようにも農家の馬は底をついている。

准尉の言った「良がったな」の意味に、僕は思い当たった。

県内の壮丁はあらまし隣県の歩兵聯隊に入営する。近ごろの戦死内報や公報はどれも「比島方面ニ於テ」と記されていたから、玉砕も間近だろうと噂されていた。しかし、農学校で畜産を学んだ僕は、地元の騎兵聯隊に召集された。そのことだけでも幸運だったのだが、徴兵年限が満十七歳以上に引き下げられて入営したときには、すでに本隊が外地に出征したあとだった。

「困ったもんじゃのう。留守隊に不始末があったのでは、戦地の聯隊長殿に申しわけがたたん。衛兵司令もそのあたりを考えて、憲兵隊には連絡しとらんのだろう。とりあえずは営倉にぶちこむにしても、それァそれでまた衛兵を立てねばならね。大川軍曹も親心が仇《あだ》となったのでは、まんず黙ってはおるめえ。話を大きくしたくはねえ」

艦砲射撃の遠い砲声は、雨を縫って轟き続けていた。いずれ近いうちに、内陸のこの町にも爆撃があるとされ、僕らの日課は防空演習と掩体《えんたい》構築と、営舎の擬装にうめつくされていた。営庭の端には対空砲座まで造られている。

鼻血が止まらない。僕は鉄の臭いのする血を飲みこむことに辟易《へきえき》して、いっそう俯《うつむ》いた。床を汚してはならぬと思い、軍靴の上に血を垂らした。

涙と血が一緒くたになっていた。

「おらほは百姓ゆえ、食うものには不自由ねがんす」

ようやくそう言った。

「んだから、なじょした」

わかっているだろうに、どうして訊《き》くのだろう。准尉の穏やかな問いは、古兵たちの鉄拳よりも痛かった。

「ライオンも、象も、駱駝《らくだ》も、戦争はしてねがんす。人間が戦死するのは仕様《しゃ》ねだども、戦争をしてねえ動物が飢えて死ぬるは、あまりにも無慈悲でがんす。んだがら自分は、どうせ捨てる豚の骨や鶏の頭ならえがんすべと思って――」

言葉に詰まったところで、准尉が遮ってくれた。

「おめ、そんたなことを農学校で教わっただか」

「教わっておりません。自分は曲がり家の厩で育ったゆえ、動物の言葉がわかるのであります」

「もういい、やめれ」

と、准尉は莨を揉み消した。それから残りの煙を溜息にした。

「草野二等兵、気を付け」

僕は姿勢を正した。准尉はけっして兵隊を殴らない。だが、どれほど荒くれた古兵よりも怖い上官だった。

「実包と真銃を受領し、ただちに射殺せよ。命令だ」

僕は命令の意味がわからずに、しばらく立ちつくしていた。いったい、誰が、誰を殺すのだ。

ようやく得心したとたん、古参の下士官兵が将校よりもこの准尉殿を怖れる理由が、僕にはわかった。

炊事場に向かう道すがら、雨はまるで縫針のようにちくちくと僕の肩を刺した。

留守部隊のわずかな兵しかいない兵営は茫々《ぼうぼう》と広いばかりで、山背の黒雲が頭上を低く蓋《おお》っていた。

「ばかだなあ、草野。そんなこと、みんな俺のせいにすりゃあえがったものを。大川軍曹殿に文句をつけりゃ、物相飯《もっそうめし》も食い上げだじゃ」

醤油樽に腰をおろし、太い腕を組んで、軍曹はからからと笑った。

「迷惑をおかけしなかったでしょうか」

まっさきにここへきたのは、それが気がかりだったからだ。

僕が残飯を営外に持ち出すのは、きょうに始まった話ではない。大川軍曹は何日かに一度、「衛兵に見つかるでねえぞ」と言って鶏がらと豚の骨を新聞紙にくるみ、公用外出証まで出してくれた。

「衛兵司令がくるにはきたがよ、人間様の食い残しをけだものに食《か》せてどこが悪いと言ってやった。食《け》るもんならおめが食でみろじゃ」

言いながら軍曹は水道端で手拭を絞り、腫れ上がった僕の顔に投げた。もういっぺん殴られるつもりで炊事場にきたのに、軍曹はとことん僕の味方だった。

准尉の命令を伝えるべきかどうか、僕は迷った。だが、それを聞いたときの軍曹の顔が想像できなかったので、やめておくことにした。

この人は共犯者ではない。懇願する僕を哀れんでくれただけなのだから、甘えてはならない。

入営して三ヵ月ぐらいは無我夢中だった。日々の訓練についてゆくことと、古兵たちの暴力に耐えることで精一杯だった。目先しか見えてはいなかった。

いくらか要領を覚えたころ、あいつらの声を聞いた。それはきまって起床ラッパの前の黎明《れいめい》の時刻だった。

象。駱駝。孔雀《くじやく》。ライオン。猿。河馬《かば》。遥かな西山から渡ってくるそれらの声を、僕はひとつひとつ聞き分けられる。

ちょうど雪解けのころだったから、交尾の相手を求めているのだろうと思った。種の保存のために、戦時下では動物の発情期が早くなるのだと、農学校で教えられていた。

戦友たちは聞こえないという。だが僕には毎朝たしかに聞こえた。起床ラッパの前に目覚めて、うつらうつらとあいつらの声を聞くことが僕の楽しみになった。

ところが、あるとき気付いたのだ。その声の意味に。

腹がへった、餌をくれ、と象も駱駝も孔雀も、ライオンも猿も河馬も訴えていた。

初めての外出のときは、家に帰るより先に西山に向かった。猿山の猿たちは数を半分にへらして、乾いた豆がらを噛んでいた。まるで剝製《はくせい》のように痩せた彼らを見たきり、僕はそこから先に進めなくなった。

若い飼育係はみな召集されて、事務所には年老いた用務員がいるだけだった。せめて山に帰してやってくれと僕は懇願した。

できるはずはないのだ。ただでさえ山から下りてきた猿が畑を荒らしている。

僕はその日、とうとう家には帰らずに、ずっと猿山のほとりに佇《たたず》んでいた。何か食い物をくれると思ったのか、生き残った猿たちは僕の足元に群れて、手を差し延べ、声を上げた。その中には、干からびたわが子の亡骸《なきがら》を抱き続ける母もあった。

叶うことなら頭から飛び下りて、この体を食ってほしいとさえ思った。もし軍人ではなく、ただひとり動物園に残った飼育係だったなら、迷わずそうしていただろう。

「だども、みな腹さへらしとるだろうな」

大川軍曹は雨空を見上げながら言った。

「こうとなっては貴様が餌を運ぶわけにもいがねし、仕様《しや》ねがら俺が飯上げするほかはねがべ」

軍曹の耳にだけは、あいつらの声が聞こえているのだろうと僕は思った。そのやさしさがありがたくて、僕は手拭を顔に当てて泣いた。

「軍曹殿。もうはァ、餌は要らねのす」

ようやく、それだけを言った。

「いらねえと言ったって、飯を食《け》ねば死んじまうぞ」

「いいえ。自分のわがままであります。婆婆の仕事を軍隊まで持ちこむなど、とんでもねえことであります」

その先をけっして口にしてはならない。ただひとりの味方を、こんな話に巻きこんではならなかった。

「草野。おめ、なじょしてべそべそ泣いとるんだ」

「反省しているのであります」

軍曹はゴム長靴を軋《きし》ませて、炊事場の庇《ひさし》の下を行きつ戻りつした。それから油じみた前掛けを引きちぎるようにはずすと、積み上がった叺《かます》の上にぽいと投げた。

「役場のお達しだろうな」

僕はひやりとして姿勢を正した。呑気《のんき》な炊事班長だとばかり思っていたが、満洲事変以来ずっと大陸の前線にあった下士官の勘は鋭かった。

「はい。そうであります」

とっさに嘘をついた。准尉の命令だなどと言おうものなら、大川軍曹はその足で大隊本部に殴りこむかもしれなかった。

「よもや貴様にどうこうせよなどと、言うておるんではながろな」

顔を拭ってから、僕は二度嘘をついた。

「自分は専門家でありますがら、立ち会わねばなりません。役人には任せられません」

あー、と軍曹は雄叫《おたけ》びを上げ、大きな拳で叺を殴りつけた。破れた縫目から豆腐殻がこぼれ出た。

このごろの献立は貧しくなって、「卯の花」と称する豆かすばかり食わされている。肉汁か魚の缶詰が口に入るのは、せいぜい三日に一度ぐらいのものだった。炊事場は貧しい食事が貧しく見えぬよう、さまざまな工夫を凝らしていた。

その三日に一度のわずかな肉の残り物を、軍曹は動物たちに分かち与えてくれていたのだった。拳にはそうした心配りがみな無駄になってしまった怒りがこめられていた。

軍曹は背を向けたまま言った。

「のう、草野。俺は貴様に頼まれて餌を呉《け》でやったのではねえぞ。人間と人間の戦争なら、人間がいくら死んだって文句は言えめえが、なしてけだものが飢えて死なねばならねえんだ。ましてや、動物園さなぐなったら、子供らはどこさ遠足行くの。キリンやライオンが絵空事ではねえと、どうやって知るの。そんたな子供が大人になりゃあ、平気で人を殺すぞ。平気でまた戦争をするぞ」

僕は最後の一言に驚いて、思わずあたりを見回した。

軍曹は満洲事変の年の現役と聞いているから、三十のなかばである。部隊が南方に転戦したとき、どうしたわけか傷病兵を引率して帰ってきたのだった。

農学校の生徒はこぞって駅で出迎えた。傷ついた兵隊はみな白衣を着ており、その胸にはさらに白い布でくるまれた遺骨が抱かれていた。

大川軍曹のような歴戦の下士官が、なぜ留守部隊の飯炊きなどしているのだろうと、ろくでなしの古兵たちは噂していた。

もしかしたら、言動に何かしら問題があったのだろうかと僕は憶測した。「平気で人を殺すぞ。平気でまた戦争をするぞ」という最後の一言は、僕ですら聞き捨てならなかったほどなのだから。

「草野二等兵、用事終わり、帰ります」

僕は雨の中に出て回れ右をし、大川軍曹のすぼんだ背中に向かって敬礼をした。

沿岸の艦砲射撃はようやく終わったらしい。そのかわり、雨音を縫ってあいつらの声が聞こえてきた。

空耳ではない。きっと、きょうが飯の日だと勘を働かせて、僕を呼んでいるにちがいなかった。

3

「おおい、大将。生きとるかァ」

爺様の間延びしたのどかな声に、私の夢は破れた。また妻と子らを抱きそこねてしまった。

雨は降り続いており、山も岩も木々もしとどに濡れていた。あくびをしいしい洞から出れば、爺様は檻の向こうの水溜りに四肢を折って座りこんでいた。

「生きとったかァ。とんと姿を見せんもんで、どうかなっちまったかと思ったぞ」

遠い昔に蒙古の砂漠からやってきたという爺様は、雨を好むのである。こうして自由に歩き回っている理由は、けっして人間を害さない種族であるうえに、生い立つ雑草を食うからだった。

誰もが羨《うらや》んでいる。戦争によって幸せを得た者など、世の中のあらゆる種族を通じてほかにいるはずはない。

公園に繁茂する雑草は、あてがい扶持《ぶち》の餌などよりずっとうまいのだそうだ。つまり爺様は食いつくせぬごちそうの中で暮らしている。もともと砂漠に自生するわずかな草を食って育ったせいで、好き嫌いもないらしい。そのうえ背中の瘤《こぶ》には水がたんと溜まっているから、渇《かつ》えもないという。雨を好むわけは水を飲みたいからではなく、濡れそぼつことに無上の贅《ぜい》を感ずるのである。

「のう、大将。悪い報《しら》せがある」

爺様は水溜りに座りこんだまま言った。

「誰が死んだのだ」

私は雨空を見渡して訊ねた。餌を求める声はひとつも欠けていないと思う。

「いや、ここいらの話じゃあない。今さっき、沿岸から渡ってきた鷗《かもめ》に聞いた。艦砲射撃で製鉄所が粉々にされちまってな、女学生が皆殺しになったらしい」

私は唸《うな》り声を上げた。若い飼育係が兵隊に取られたあと、私の面倒を見てくれたのは女学生たちだった。老いた用務員だけでは手が足らぬから、彼女らが手伝いにきたのだ。男がみな戦《いくさ》に出て、欠けてしまった日常の労働力を、年端《としは》もゆかぬ中学生や女学生が埋めたのだった。畑仕事はむろんのこと、駅員や郵便配達や荷運びや道路工事や、人間どもの生活にかかわるすべての労働を、子供らが穴埋めしているらしかった。

何と愚かしい話だろう。人間の取柄といえば知性だけであるのに、その知性を磨き上げる学校を閉めて子供らを働かせた。そんなことをしたら戦争に勝とうが負けようが、先の世の中が保てまい。

女学生たちはよく働いた。おっかなびっくり檻の中の掃除をし、リヤカーを押し引きし、そうしてわずかな餌を持ってきたときには、誰もが「ごめんね」と詫《わ》びた。

やがて母となる女の本能が、そう言わせたのだろう。姿かたちこそちがっても、彼女らは亡き妻のおもかげを偲《しの》ばせた。

若葉の萌《も》え立つころ、彼女らはふいにいなくなった。沿岸の製鉄所に向かったのだった。けだものの面倒を見させるよりも、鋼鉄を作る手伝いでもさせたほうが戦争の役に立つ、という理屈だろう。

「腹を立てても仕方ないよ、大将」

唸り続ける私に向かって、爺様は言う。

「瞋りではない。悲しいだけだ」

私は鬣《たてがみ》をふるって心を鎮《しず》めた。人間を憎みはしない。私を百獣の王と称《たた》えて敬し、檻の外からおののき眺め、餌を与えてくれる人間どもは、どの獣よりも近しい友人だった。

「みんな死んだのか」

「鷗はそう言っていた。もっとも、やつらの言うことはあてにならんが」

烏《からす》も雀も鷗も、鳥と名の付く連中はみな似たものだ。大空を自在に飛び回っているから見聞は早いが、話は信用できぬ。大げさに伝えたり、言うべきことを言わなかったり、ときには嘘をついたりもする。さほど悪気はないのだろうが、やつらは世の中を見おろしている分だけ、見くだしている。なかば神のような気分でいるのだ。

「鷗の言うことはあてにならんが、きょうの艦砲射撃は長かった」

爺様はそう言って鈍空《にびぞら》を見上げ、大きな目から黄色い涙を流した。

この公園にやってきた女学生たちの顔には、どれも見覚えがあった。そもそもここは、子供らのためにあるのだ。中には乳母車に乗っていた時分から、成長してゆく姿のいちいちを知っている少女もいた。

長命な人間は、それでも私の年齢を追い越すことがない。むしろ私は、彼女らの数倍の速度で老いてゆく。その事実は自然の摂理であり、種族おのおのの宿命でもあるから、羨んだためしはなかった。

のみならず、迫りもせず追い越すこともできぬ種族は、安息を感じさせた。少くとも、私が彼女らを悼み誄《るい》する日などくるわけはないと信じていたからだ。妻に先立たれ、子らに去られた私にとって、彼女らは目に見える安息だった。

それが、このざまだ。

「のう、大将。沿岸には鉄の雨が降ったんだろうな。考えたくもないが」

やわらかな雨を見上げて、爺様は言った。

「やめてくれ。考えたくもないことを、口にしてどうする」

だが、想像しなければいけない、と私は思った。人間どものように神仏を持たぬけだものは、ほかに悼む方法を知らぬ。

おのれめがけて鋼鉄の雨が降り注ぐさまを、私はありありと思い描いた。遥かな海の上から放たれる鉄の塊は、たぶん思いがけずゆっくりと飛んでくるにちがいない。しかし、動きののろい人間どもは、身を躱《かわ》すことができないだろう。やみくもに逃げ惑い、地に伏せ、物蔭に隠れるぐらいがせいぜいのところだ。

肉体よりもすぐれたものを、どうして人間は造り出したのだろうか。自分の足よりも速いもの、自分の腕よりも靭《つよ》いもの、自分の牙や爪よりも鋭いものを。やがてそれらが自分自身を傷つけ、過分な欲望の基《もとい》となり、ひいてはそうした必然の結果を神仏の規定した運命だと錯誤することになるのだと、どうして気付かなかったのだろう。

たとえそれが太古の人間の浅知恵によるものだったにせよ、長い歴史の途中でただのいちども考え直さなかったとは、あまりに愚かしい。

どうして想像できぬのだ。鋼鉄の雨に打たれる少女たちのおののきを。

「唸ってばかりいないで、吼えてみたらどうだね。辛抱は体に毒だよ」

それだけを言って、爺様は悠然と立ち去って行った。

その後ろかげは、ほどなく峰から下りてきた霧に包みこまれた。ふと私は、生きとし生けるものすべての中で、最も進化を遂げたのは彼ら種族ではないかと思った。鳥よりも魚よりも人間よりも。

彼らはけっして争わぬから。食物をめぐる諍《いさか》いとも無縁だから。

戦争すらも彼らを幸福にする。あらゆる理不尽を幸福に転じてしまうくらい、彼らは進化したのだ。

私はそんな爺様の忠告を、天の声のように反芻《はんすう》した。瞋りの感情を忘れてしまっている私は、自分が辛抱しているのかどうかもわからない。

ならば吼えてみようかと思った。巌《いわお》に足をかけ、精一杯の感情を吐き出そうとしたけれど、やはり圧《お》し殺した唸り声が唇を震わせるだけだった。

4

僕ほど間抜けな兵隊はいないだろう。

内務班の銃架にずらりと並んでいる三八式騎銃が、僕の武器だと思いこんでいた。ところが、大隊の武器庫には包帯でぐるぐる巻きにされたべつの銃があって、いざ戦地に赴くときにはそれが僕の武器となるそうだ。

教わっていなかったのか、それとも忘れてしまったのかはわからない。ともかく僕は、戦地には持って出ない演習銃を自分の武器と信じて、手入れが悪いと言われては殴られ、捧《ささ》げ銃《つつ》のまま「厠衛兵《かわや》」に上番《じょうばん》させられたりしていたのだった。

僕は騎兵だから、三八式歩兵銃の銃身を一尺ばかり詰めた騎銃を持つのである。しかし肝心の馬が足りないので、それらしい訓練は受けたためしもない。射撃にしたところで、姿勢と撃発の要領を教えられただけだった。つまり僕はまだ兵隊などではなく、掃除をしたり飯上げをしたり、古兵たちのうさ晴らしに殴られることが務めの、雑役夫にすぎなかった。

そんな僕が、真銃と実包を受領して内務班に戻ると、古兵たちはさすがに声を失った。たぶん僕の任務について、週番将校か准尉から聞いていたのだろう。

「草野二等兵、西山の動物園に行って参ります」

先任の兵長に申告をした。まともな答えは誰からも返ってはこなかった。

「こったなこどになるのがよォ」

「なんもはァ、草野に行がせることはねべ」

「命令だば、すかたねなっす」

「恨むなや、草野。まさかこったなことになるとはなァ」

これでいいと僕は思った。ついさっき僕を罵《ののし》った同じ口が、僕を心から慰めてくれた。彼らもまた同じふるさとに生まれ育ち、かつては西山の動物たちに会うことが年に一度か二度の楽しみだったのだ。

営外に残飯を持ち出そうとした自分の行いを、僕は初めて悔悟した。古兵たちの同情は、鉄拳よりも身に応えた。

「草野二等兵、悪くありました」

頭を下げたなり、僕は軍服の腕を目がしらに当てて泣いた。だが、それは悔悟の涙ではない。彼らのひとりひとりが愛した西山の動物を、僕は守りきれなかった。飼育係という任務を全《まっと》うすることができなかった。


舎後の厩に鹿内兵長が待っていた。

農学校の先輩だということは知っていたが、言葉をかわしたためしはない。齢も僕よりずっと上で、二十五か六ぐらいだろう。何となく近寄りがたい人だった。

鼻筋が細く尖《とが》っていて眼光の鋭い、猛禽《もうきん》類のような顔立ちである。くわえ莨で一睨《ひとにら》みされた僕は、「よろしく願います」とだけようやく言った。

鹿内兵長は大川軍曹と同様に、傷病兵の引率をして戦地から帰ってきた。以来、留守隊で徒《いたず》らに飯《メンコ》の数を重ねている古参兵のひとりである。

内務班の先任兵長がこんな噂をしていた。

「二班の鹿内兵長は学があるのをええことに、幹候さ受けると言って帰ってきただじゃ。あとは空とぼけやがって、体《てい》のええ従軍免脱ではねが」

だが、留守隊にいるのはほとんどが再召集の兵隊だから、戦地帰りの現役兵に面と向かって文句はつけられない。そのうえ鹿内兵長は、聯隊随一の射撃の名手だった。

くわえ莨で屈んだまま、鹿内兵長は軍服の物入れから「公用」と書かれた腕章を取り出して僕に投げた。そう、これは「公用」なのだ。

それから大儀そうに立ち上がって、僕の銃を検《あらた》め、実包を受け取った。

「五発挿弾子《そうだんし》が三、実包十五。復唱せえ」

「五発挿弾子が三、実包十五」

雨は細かな霧に変わっていた。僕は殴られるのを承知で言った。

「自分は、いまだ実弾を撃ったためしがありません」

鹿内兵長の表情は変わらなかった。

「准尉殿がどんたなつもりで俺に命令したかは知らねが、撃ち損なっても介添なぞせんぞ。腰抜けの新兵が銃と弾さ持って逃げ出さねように、見届けるだけだじゃ」

兵長は五発の弾丸を留めた三連の挿弾子のうち、ふたつを僕の手に戻し、ひとつを自分の弾薬盒《だんやくごう》に入れた。

「これは介錯の弾ではねえぞ。お前《め》が逃げ出したら敵前逃亡じゃ。狙いは万にひとつもはずさねえ」

そう言いながら負革《おいかわ》を握り、背中からくるりと回した兵長の銃には、僕の見たこともない狙撃眼鏡がついていた。

僕はうろたえた。兵長はおそらく、この狙撃銃でたくさんの匪賊《ひぞく》や敵兵を仕留めてきたのだろうが、もしかしたら怖気《おじけ》づいて逃げ出した友軍の兵も撃ったのかもしれない、と思ったのだ。

「自分は、そったな恥《おしょ》すい兵隊ではねがんす」

命乞いをするように僕は言った。

やがてたちこめる霧の中から、厩当番が二頭の馬を曳《ひ》いて現れた。


寒い夏だった。

山背の黒雲が空を覆い隠すと、気温はたちまち下がって、雪でも降り出しそうな晩秋の気配になる。このところ、午後は毎日がこれである。せめて雨衣を着てこなかったことを僕は悔やんだ。そのうえ僕の夏用軍衣は代用品のスフだから、霧雨を吸って気味悪く肌に貼りついた。

鹿内兵長の乗馬姿は格好がよかった。雨衣の背に騎銃を背負い、拍車のついた長靴をはいているから、ちょっと目には将校だった。おそらく長い戦地経験が、おのずと貫禄になっているのだろう。

沿道の子供らは鹿内兵長に敬礼をし、後に続く僕を従兵のように軽んじて見上げた。

「草野二等兵、前へ」

連日の雨で増水した川の土手に出ると、兵長は手を振ってそう命じた。僕は馬を並べかけた。

「お前、乗馬は達者だな」

「はい、農学校で教わりました」

兵長は僕が学校の後輩であるとは知らなかったらしい。ぎょろりと三白眼を向けた。

「専門は」

「畜産科であります。兵長殿は」

「畜産科は騎兵聯隊に取られると決まっとる。齢はいくつだ」

「十八であります」

兵長は僕から顔をそむけた。彼の時代にはありえなかった年齢なのだ。徴兵年限が二十歳《はたち》から十七に繰り下げられたおかげで、僕は思いがけずに徴兵検査を受け、兵隊に取られた。

「だば、動物園にはいくらも勤めてながったろう」

僕は少し答えをためらった。それならば動物たちにさほど愛着はないだろう、と聞こえたからだった。だが、実はそうではない。

「おらほは小作ですけえ、奨学金ばもろて学校に進んだのす」

同じ畜産科の卒業生ならば、それだけでわかってくれるはずだった。

学級には奨学生が何人もいた。農業と畜産で立っている県の方針だった。ただし、奨学生には課外労働が義務づけられていた。僕は入学したとたんから、放課後は西山の動物園に通って働いた。職員が応召して手不足になると、教練と体育の時間も勤務についた。僕が情けない兵隊であるのは、そうした事情で本来は学校で教わるべき軍事教練を、満足に受けていないせいだった。

そこまでわかってくれただろうかと、僕は鹿内兵長の横顔を窺《うかが》った。

「そもそも貧乏人が身のほど知らずに背伸びした結果だじゃ。言いわけにもなるめえ」

まるで僕の心臓を狙い撃つように、兵長は言った。

橋を渡りかけると、風のゆくえを徴《しる》してまた雨が下りてきた。白いオーロラのようにどよめきながら近付き、まさかと思う間に僕と僕の馬の上にだけ、横殴りに沫《しぶ》いて過ぎた。

「山背ではあるめえ。砲撃戦のあとはきまってこんたな雨の降るもんだ」

沿岸の艦砲射撃が雨を呼ぶなど、にわかには信じられなかった。人間が自然を支配できるはずはないのに、人間同士の戦争が気象を動かせるものか。

人も車も戦に駆り出された静かな町を、雨の帳《とばり》の向こう側から、またあいつらの声が渡ってきた。

5

私は堕落したのだろうか。

瞋りの感情を滅すのは、狩りをするための方便であって、人間から餌をめぐんでもらうための儀礼ではない。だが、狩りをする必要がなくなっても瞋りの感情が恢復《かいふく》を見ぬのだから、私は彼らに馴致されたのである。

野性を忘れ、人間に服《まつろ》った。やはり堕落だ。妻子を奪われても、日々の肉のために瞋らなかった。とうてい堕落というほかはない。ならばその肉すら与えられなくなった今、私は何としてでも瞋らねばならぬ。百獣の王たる者の矜りなどはとうに捨てたが、一個の生物として、また黙契を反古《ほご》とした不実に対して。

しかしそう思って巌に片足をかけ、瞋りの雄叫びを上げようとしても、肉を乞う情けない声しか出なかった。

霧雨の降りしきる午後、やつらはやってきた。

この日がいつか訪れるであろうことは覚悟していた。爆撃で檻が破壊される前に、猛獣と呼ばれる種族は殺されるはずだからだ。今となっては疎開させようにも、人手はなし金もあるまい。

だが、私は運命のその日を、こんなふうには想像していなかった。老いた用務員が何日かに一度持ってくる餌に、毒が入っているとばかり考えていたのだ。だから私はそのつど肚《はら》をくくって餌を食った。

私の耳目は聡《さと》い。やつらがこの公園の鎖された門を押し開けたとき、銃を持った人間であるとわかった。馬が繋がれ、やつらはのろのろと雨の坂道を登ってきた。

「兵長殿は、なじょして幹候を志願されねえのですか」

「将校になりゃあ、何かええことでもあるのか」

「どうせ死ぬのだれば、兵隊よりも将校のほうがえがんす」

「俺の理由はただひとつだじゃ。将校さなるために農学校へ行ったではねえ」

そうか。兵隊が撃ち殺しにきたのだな。なるほどそのほうが面倒もなかろう。

だが、聞き憶えのある声に私は暗澹となった。まさかとは思うが、もし私の知る人間がその使命を果たすのだとしたら、不実にもほどがある。

「どうした、草野。怖気づいたか」

頰を張る音がした。

「兵長殿、自分は、やはりできねがんす。もうはァ、足が震えて歩けねがんす」

「んだば、兵長殿。殺す前に、腹いっぺえ飯を食《か》せてやってくだんせ。もういっぺん炊事場に戻って、豚の骨やら鶏の頭やらもろうて参ります」

また頰を激しく張る音がした。

「貴様、この期《ご》に及んでまだ大川軍曹殿に迷惑かげるつもりか。ええが、草野。軍隊はお前の考えるほど甘いところではねぞ。何の恨みつらみもねえ人間を、片ッぱしから撃《ぶ》ち殺すだぞ。俺と軍曹殿はそんたな戦地に四年もいたんだ。そんたな仲だがら、草野が営倉さ放りこまれねえように力を貸したってけろと、軍曹殿は俺に頭まで下げた。わかったが、草野。あれこれ言わせるでねえ」

「腹っぺらしのまんま殺すなど、あまりに不憫であんす。だば、自分を食せてくだんせ。この体さ食せて、腹いっぺえにすてがら撃ち殺してくだんせ」

ごつん、と蹴《け》る音がした。兵隊はぬかるみに倒れこんだらしい。

やめてくれ。私はもう死を怖れはしないし、飢えも感じてはいない。愛する人間たちに、争ってほしくはない。たがいが諍うくらいなら、私を憐れまずにほしい。

憎んでくれ。人を害する猛獣として。


やがて二人の兵隊は、私の檻を俯瞰《ふかん》する見晴台に姿を現わした。

なるほど、狙い撃つには格好の場所だろう。そこには高射砲の陣地が造りかけてあるのだが、肝心の砲がないのか、ぐるりに土嚢《どのう》が積まれているだけだった。

私の耳目は聡い。

「洞窟の中だべか。だば、気長に待つほかはねえな。一服つけるべ、ほい」

「自分は莨を喫《の》みません」

「兵隊は道楽で莨を喫むんではねえ。気持ちが落ちつくんだ。んだがら、糧秣のねえ前線にも、莨だけは届ぐ」

「んだば、いただきます」

兵隊は噎《む》せ返った。十八の少年なのだから仕方あるまい。

私は洞の中で身を起こした。真珠のようにつらなる滴の向こう側に目を凝らせば、遥かな見晴台の高みに、行き昏《く》れたみなしごのように肩を寄せ合う二人が見えた。

草野君はさほど変わらぬが、鹿内君はずいぶん大人になった。

これは少しも理不尽な話ではない。もっとも、そう思うのは私だけだろうが。愛する人間の手にかかるのは本望だ。

「どうだ、少しは落ちついたろう」

「はい。ありがとうございました。あの、鹿内兵長殿――」

「なじょした。はっきり言え」

もう殴りそうもない。鹿内君の声は穏やかだった。

「自分は、身のほど知らずの貧乏人でありあんすか。背伸びして農学校さ行ったがら、こんたな目に遭うのでありあんすか」

鹿内君は黙りこんでしまった。答えなくていい。今は君らしく、寡黙でありたまえ。

あのころから君は、人間とはあまり口をきかず、けだものとばかり話していた。だから私は、君の苦しみをすべて知っている。

裕福な家の子らにまじって、君たちが学問を志したのは、けっして背伸びなどではない。どうかこの結果を、そんなふうに考えないでほしい。努力する者にこそ試練は与えられるのだ。

「草野。俺は猛獣狩りがしてみてえ。射手をかわれ」

そうだ。それでいい。君の心を忖度《そんたく》するのはなかなか難しいけれど、それが最も正しい選択だろう。誰にとっても。

「ええか、お前がやったこどにするだぞ」

鹿内君はそう言うと、くわえ莨のまま杉林に分け入った。用足しをするふりをして、鹿内君は泣いてしまった。

私はありありと思い出した。君の涙を見るのは二度目だ。兵隊に取られるとき、君はあちこちの檻を泣きながら走り回っていた。

「さあて、待っておってもしかたねなっす。呼んでみるべ」

二人は同時に私の名を呼んだ。

「ボース！」

敵性語として封印された私の名前を、二人はあからさまに呼んでくれた。駱駝の爺様さえ遠慮して「大将」と呼ぶ私の本名は、「ボス」である。人間どもが勝手に付けた名前だが、草原の王者にはまことふさわしい。

私は身を起こして洞を出た。この門出を寿《ことほ》ぐように雨は已《や》み、山背の雲は流れて青空が顕われた。

「ボース！」

草野君は気付かない。どうして鹿内君が私の名前を知っているのか。たぶん彼には、ほかのことを考える余裕がないのだろう。

「目標、正面の的《てき》。距離、三百――おい、草野。空に向けて撃っとけ。銃が汚れてねえと怪しまれるぞ」

草野君は仰角に銃を撃ち、反動で尻餅をついた。

私は水溜りを歩み、巌の上に立った。

どうした、鹿内君。何を震えている。いったい何にそうも怯《おび》え、何を悲しんでいるのだ。これは戦争ではないか。恨み憎しみのかけらもない相手に、「敵」という名を付けて殺す戦争ではないか。そのさなかにある君が、何をためらう。

私は勇気を揮《ふる》わねばならない。今こそ、愛する人間たちのために、王者しか持ちえぬ真の勇気を揮わねば。妻にも子らにも分かち与えられなかった愛情のすべてをこめて、吼えねばならぬ。

私は瞋った。獅子の掟を破ることが獅子の尊厳を保つと信じて。

「愚かしき人間よ。牙も爪も鬣《たてがみ》もなく、矜恃のかけらすらもない哀れなけだものどもよ。

おのれらの力で、この獅子の命が奪えるものか」

瞋りは必ず呼応する。堕落せずに獅子であり続けたことを、私は矜りに思う。

見上げる青空は、きっとふるさとの草原に続いているだろう。

帰り道

走り疲れて立ち止まり、妙子はゲレンデを振り返った。

オレンジ色の光にくるまれた夢の世界である。体はもうくたくたでとても滑る気にはなれないけれど、できることならナイターの終わるまで、この景色を見つめていたいと思う。

午後五時に出発すれば東京着が十時、多少の遅れを見込んでも乗客の全員が家に帰ることができる。ちょっと切ない気もするが、週末のスキーを楽しむためには仕方のない、夜行日帰りの時間割だった。

「おーい、光岡ァ、清水さあん、置いてかれるぞォ」

駐車場の雪だまりでストックを振り上げながら、矢田部さんが呼んでいる。その大声でようやく妙子は、自分の背に寄り添うようにして立っている光岡に気付いた。

「ハバ、ハバ！」

みんなよりいくつか齢上《としうえ》の矢田部さんは、ときどき聞き慣れぬ言葉を使う。その「ハバ、ハバ」は「急げ」という意味なのだが、よほど使いそうな工場のラインで、班長の矢田部さんが口にすることはなかった。

「何だかくたびれちゃった。膝が笑ってる」

光岡君が手を引いてくれた。バスの窓からは谷口君や知子も覗いているにちがいない。

「おやすくねえなあ」という矢田部さんの独りごとが聞こえるようだった。

女の子のように細くて華奢《きゃしゃ》な光岡君の手。でも妙子は手袋ごしにしか触れたことはない。転んだときに助け起こしてくれるその手の感触が恋しくて、工場のスキー行に毎度加わっているようなものだった。

日が昏《く》れるとかえって気温が上がったのか、粉雪は大きな綿雪に変わっていた。オレンジ色の照明に押し倒された二人の影法師の上に、雪は斑《まだら》模様を描いてゆったりと降り落ちていた。

「膝が笑ってる」

妙子はよろめくふりをして、光岡のアノラックの腕にしがみついた。

「一泊できるといいんだけどなあ」

光岡君の声が、痩せた体の奥から耳に伝わってくる。

「お正月休みは？」

「里に帰らなけりゃならない」

二人きりでスキーに行こうと誘ったつもりだったが、あっさりと断わられてしまった。でもその口ぶりからすると、たぶん妙子の思いは通じたのだろう。

「じゃあ、今度ね。土曜の午後に出る一泊コースならいいわ」

「高いよ。夜行日帰りの倍以上もする」

やはり意味は通じていないのだろうか。よほど思い切った提案なのに。

「あのね、光岡君。ひとつだけお願いがあるんだけど」

「なに？」

「帰りの席、隣りに座ってよ」

え、と光岡は虚を突かれたような声を出した。

「知子ちゃんが困るだろう」

「お願いいって言ったでしょ」

スキーバスの中では、いつも妙子と知子が隣り合わせに座る。光岡君の隣りになさいよ、と知子は気を回してくれるのだが、いざ出発となるとそれはあんがい難しくて、結局は知子の並びに落ち着いてしまう。片道五時間の夢を実現するためには、光岡君の意思が必要なのだ。

「じゃあ、清水さんが先に乗ってて。あとから隣りに座るよ」

無口な光岡君の心は読めない。少しはわかってくれたのだろうかと、妙子はふるった勇気の残りを真白な溜息に変えた。

首尾は上々だった。乗客のスキー板とリュックサックで物置きになった一番うしろの座席のひとつ前に妙子がさっさと座ると、光岡君は実にさりげなく、まるでそこしか席が空いていないようなそぶりで、隣りに腰をおろしてくれた。

「ごゆっくりね」

知子が帽子に付いた大きな兎《うさぎ》の耳を両手でつまみ上げながら振り返り、八重歯を剝《む》いて笑った。

おととしの春に入社したときは、中学のセーラー服が痛ましく見えるくらいの子供だったのに、今では欠くべからざる工場の人気者だ。その年を最後にして、集団就職の採用はなくなってしまったから、知子は永遠の末ッ子になった。後輩の高卒者よりも、まだ齢下なのである。給料もその下なのに、愚痴ひとつこぼさない。

このごろではそんな知子と自分とが、一回りも齢が離れているとは思えなくなった。何だか追いつかれてしまったような気がする。

知子はこの春から夜間高校に通い始めた。利発さが社長の目に留まって、学費は会社持ちという前代未聞の特例が用意された。同じ中卒でも、算盤《そろばん》の角で頭を叩かれながら仕事を教えこまれた自分とは、えらいちがいだと妙子は思う。四年後に簿記や算盤の検定資格を取って知子が卒業したなら、五人しかいない事務室から、はじき出されるのは自分にちがいなかった。

ライン作業も嫌いではないけれど、事務机を奪われて工場に戻るというのもバツが悪い。それに、四年後といえば三十をいくつも越してしまうのだ。

「お友達はみなさんお揃いですね」

黒いビニール・ヤッケに雪を積もらせたまま、添乗員が言った。

「では、定刻より十分遅れで出発します。みなさんお疲れのようですから、ゆっくりお休みになって下さい。帰り道は往路と同じ国道十七号線をたどって、途中の沼田と熊谷のドライブインで休憩します。大宮から先は、国道ぞいの都合のいい場所でお止めしますから、途中下車なされる方は前もっておっしゃって下さい」

「あ、俺、浦和」

と矢田部さんが手を挙げた。

「新婚ホヤホヤ」

谷口君が言わでもの解説をした。車内は笑い声に包まれた。

三月の滑り納めのときには、工場の寮長だった矢田部さんだが、新宿の歌声喫茶で知り合った人とこの夏に結婚した。新居が浦和というのは初耳だった。途中下車というサービスはあっても、まさか途中乗車はないので、きのうの夜には全員が新宿西口に集合したのだった。

「板橋本町、いいですか」

谷口君がさらに言ったのは意外だった。

「女のアパート」

矢田部さんが切り返し、車内は再び爆笑の渦に呑まれた。

「え、ほんと？」

と、妙子は光岡に訊《たず》ねた。

「本当だよ。谷口さん、あれでなかなか隅に置けないんだ」

谷口と妙子は同じ年の集団就職組である。昭和二十七年に、その「集団就職」という言葉があったかどうか記憶にはないが、ともかく谷口は新潟から、妙子は富山から上京して今の工場に入った。

同期というだけで、ことさら親しいわけではない。だが十人以上もいたその同期は、いくらか東京の水になじむと、恩義理などお構いなしに次々と辞めてしまって、五年後に新宿区主催の成人式に出たのは、谷口と妙子の二人きりだった。

他人事《ひとごと》だとは思うのだが、そのたったひとりの同期が恋人の住むアパートに帰るということが、手ひどい裏切りのような気がしてならなかった。

「そしたら私も、池袋」

知子が手を挙げた。

「駅には寄れませんけど、山手通り沿いでいいでしょうか。椎名町《しいなまち》で降りれば西武池袋線で一駅です」

「それでいいです。お願いしまあす」

ほかの乗客からも、いくつかの申し出があった。添乗員は座席番号をボールペンの先で算《かぞ》えながら、降車地のメモを取った。

「おまえももう大人なんだから、どこで寝ようと勝手だが、頼むから遅刻だけはするなよ。俺の責任になるからな」

矢田部さんが冗談まじりにたしなめた。昔は門限まであった工場の寮も、やかましいお定め事は何ひとつなくなった。人手がいくらあっても足りないこの好景気にあっては、ちょっとした制約が高校の新卒者に嫌われるからである。

かつては工場の敷地内にあった社員寮だが、今はわざわざ壁を壊して外に押し出された格好になった。そうなると民間のアパートとどこも変わりがなくなり、むろん門限も撤廃された。

矢田部さんのあとには、古い順に妙子が寮長になったが、居住者を監督する義務など何もない。少しも自慢にはならぬ、「寮で一番古い人」にすぎなかった。

「では、発車します」

バスはスノーチェーンをからからと鳴らしながら、駐車場を滑り出た。車内の灯が落ちると、ナイター照明に彩られたゲレンデが窓一面に迫った。どの顔もなごり惜しげに、綿雪の帳《とばり》の向こうに押しやられてゆく風景を見送っていた。

「上越線も情緒があるけど、バスもいいね」

妙子に頰を寄せるようにして、光岡は雪景色を見ていた。胸が轟《とどろ》き、掌に冷たい汗が滲《にじ》み出た。

この人を好きになったことに、打算は何もないと思う。工場の中でこの人の未来が噂になるずっと前に、自分は愛し始めていたのだから。

「上越線のほうが早いけれど、石打の民宿に半泊することを考えたら、時間の無駄はないしね。清水さんはどっちがいいですか」

こっち、と言うかわりに、妙子は頰を光岡の肩に預けた。

高校を卒業して上京し、工場に勤め始めてから何年も経って、光岡君は早稲田の夜間部に合格した。成績はとても優秀らしい。だから夜間大学に通っている工員はほかにもいたのだが、社長の肝煎《きもい》りで元請けの大手電機メーカーに就職が内定した。もちろん工員などではない。背広を着てネクタイを締めた、立派なサラリーマンだ。

来年の春からは、俺がぺこぺこ頭を下げにゃならんなあ、と社長は言っていた。

でも、打算はこれっぽっちもない。齢は二つもお姉さんだけれど、工場にやってきたころから光岡君が好きだった。

「私ね、夜汽車が嫌いなの」

「どうして？」

「就職列車を思い出すのよ。みんなお母さんが編んでくれた手編みのセーターの上に、学生服やセーラー服を着て、田舎の中学生まるだしなんだけど、それが一等暖かいの。でも、私はおかあさんがいなかったから、寒くて仕方なかった」

同情を引こうとしたわけではない。むしろ嫁にするには面倒のない女だと、言ったつもりだった。

「亡くなったんですか、おかあさん」

「男を作って逃げたの。東京に出てきたのは、見つけ出して会いたいって思ったから」

「伝《つて》はあったの？」

「何も。なあんにも。でも、何となく東京か大阪か名古屋か、都会にちがいないって思ってたわ」

「それにしたって確率は三分の一だ。で、見つかりましたか」

「無理よねえ」

「ちょっと無理ですねえ。東京は広すぎるよ」

「光岡君もやっぱりそう思った？」
「うん。想像していたより、十倍ぐらい広くって、百倍ぐらい人が大勢」
「わかったかな。そんな気持ちで出てきたから、夜汽車は嫌いなのよ。ぼんやりと灯る電灯だの、ワックスの臭いだの、ロマンチックって言えばそうかもしれないけど、私はちがいますねえ」

矢田部さんの音頭取りでスキー同好会が発足したのは、五年前である。怪我がつきもののスキーに単独行はご法度だし、気の知れた工場仲間で行ったほうが楽しかろうし、何よりも連盟の準指導員の資格を持っている矢田部さんがキャプテンなら、わざわざお金を払ってスクールに入る必要もないというわけで、会員は続々と集まった。

だが、安給料のうえに盆の藪入りと正月しか休暇のない工員たちに許されるのは、夜行半泊の上越線で湯沢か石打に行くのがせいぜいだった。それにしたところで、トイレの中や網棚の上にまでスキーヤーを詰めこんだ満員列車なのだから、くたびれること甚《はなはだ》しい。

深夜に出発する車中泊のスキーバスが走り始めたのは、願ってもない福音だった。時間はかかっても座席は確保されるのだし、何よりも料金が安く、そのうえ工場から近い新宿駅西口の発着である。

バスはじきに三国《みくに》峠の登りにかかった。ゲレンデの灯りも森の奥に押しやられ、車内は味気のない薄闇に返った。

「それとね、私、小さいからバスの座席のほうが居心地がいいのよ。光岡君は窮屈でしょ」

まあ、と光岡は長い脚を抱えこみながら答えた。膝頭《ひざがしら》が前の席の背中にぶつかっていて、身じろぎもままならぬふうだった。

「でも、満員の上越線よりはましだね。高田馬場から出ている西武のバスなら、リクライニング付きなんだけど、ちょっと高い」

「リクライニング、って?」

「こう、背中が倒れるらしい」

「安楽椅子ね。酔っちゃいそう」

「きっと何年かたてば、それがふつうになるよ」

妙子が上京してきたころは、合言葉のようなものだった「復興」だの「再生」だのも、いつしか新聞の見出しから消えてしまった。懸命に生きるばかりではなく、生きてゆくためではない余分なものが、身のまわりに増えていった。たとえば、工場の仲間たちとシーズンに何度もスキーに行くなんて、そのころには想像もできなかった。

去年の東京オリンピックは、復興と再生の総仕上げだったのだろう。そのわかりやすい目標に向かって、何から何まで変わっていった。そしてそのすばらしい勢いは、オリンピックが終わっても衰えずに、世の中を今も変え続けている。

総理大臣が嗄《しわが》れ声を絞って「所得倍増」と叫んだときには、誰もが鼻白《はなじら》んだものだったが、その数年後には本当にお給料が倍になっていた。もちろん物価も急上昇したからさほどの実感はないにしろ、スキーに行く余裕ができたのはたしかなのである。

妙子は座席に体を沈めて、背もたれが倒れるさまを想像してみた。来年はそのデラックスなバスが、当たり前になっているのかもしれない。

「恥ずかしいわね」

「何が？」

「だって、隣り合わせに座っているんじゃなくて、添い寝しているみたいじゃないの」

光岡君は答えてくれなかった。いくら何でも、「添い寝」は言いすぎだった。いかんともしがたい二つの齢の差を、何とか埋め合わせようと努力しているのだが、ときどきとんでもない失言で光岡君の心をつき離してしまうことがある。

「ごめんなさいね」

「え、何がですか」

「わからなけりゃいいわ」

自分がずっと光岡の肩に甘えていたことに気付いて、妙子は体を引いた。

「ほい、清水さん。光岡は飲めねえんだよな」

矢田部さんが缶ビールとコーラを投げてくれた。うしろの囁き声は聞こえてないとは思うけれど、何て間のいい人なのだろう。まるでリングにタオルを放りこまれたみたいだ。

光岡君はまったくの下戸で、乾杯のビールさえ口にしようとはしない。新入社員の歓迎会のときに救急車を呼ぶ騒ぎになったのは、今も工場の語りぐさだった。

光岡君の細い指が、缶ビールの栓を引き開けてくれた。いかにも慣れぬ手つきで、めりめりと。

「さしあたっての悩みごとなんだけど」

と、光岡君はコーラを飲みながら声をひそめた。

「はい、何でも言ってちょうだい」

「やっぱり新入社員の歓迎会があると思うんだよね。それに、営業に回されたら飲めませんじゃすまないだろうし」

「また救急車」

「やめて下さいよ。深刻な悩みなんだから」

囁き合いながら光岡君の顔が近付いてきた。おでことおでこが触れた。

「私ね、かれこれ十何年も歓迎会を見てきてるのよ。昔は中卒の見習工員にだって一杯や二杯は無理強いしたから、光岡君の前にも同じようなケースはあったの」

「へえ、そうなんですか。で?」

「結論を言うとね、一杯でも受けたらおしまい。どんなに無理強いされても、頑として断わる」

「俺の盃が受けられねえのか、と言われます」

「言われても無視するのよ。たしかに付き合いの悪いやつだとは思われるでしょうけど、お酒が一滴も飲めないっていうのは、妙な信用にもなるわ。妙じゃないわね、たしかな信用よ」

「そんなものかなあ。僕はそのせいで孤立していると思うけど」

「でも、うまくやってるじゃない。今度の就職だって、光岡君ならまちがいないって社長が考えたからよ」

「じゃ、断固として」

「そう。断固として」

ほんの鼻先に、光岡の唇があった。乾いてひび割れた縁《へり》から、うっすらと血が滲んでいた。

この人は、私を女だと思っていないんじゃないかしら。遠い昔に夜汽車に揺られて買われてきた、伝説の少女たちの生き残りとしか思っていないのでは。

齢は二つしかちがわない。でも社会人としては五年の差があった。その間のめくるめく復興と再生は、越えがたい壁なのだ。その壁の向こう側に、自分ひとりが取り残されているような気がした。

妙子は内緒話から身を起こした。バスは三国峠を越えようとしていた。綿雪はまた粉雪に変わって、さらさらと窓を打っていた。

みんなについてゆくだけで、精一杯なのだ。倒れたら最後、きっと置き去りにされてしまう。


「新潟まで夢の超特急が走るっての、知ってるか」

熱いウドンを吹きさましながら、矢田部さんが言う。

「知ってますよ。それよりねえ、ヤタさん。その『夢の超特急』っていうの、いいかげんやめませんか」

「じゃあ、何て言やいいんだよ」

「新幹線」

「ああ、新幹線ね。超特急のほうがいいのにな」

矢田部さんと谷口君の会話は、息の合った漫才のようだ。この二人が班長と副班長を務めるラインの成績が、いつもずば抜けているのもわかるような気がする。

沼田のドライブインで立ち食いのソバかウドンを食べるのは、帰り道の恒例行事である。

「そうなると、スキーはどうなるんだ」

「越後湯沢まで一時間です」

「冗談はよせ。俺の家から工場に行くより近いぞ」

「つまり、悠々日帰りってことです」

「ちょっと待て。清水トンネルはどうなるんだよ。うちの清水さんもお堅いけど、谷川岳の股倉をぶち抜くのは並大抵じゃねえぞ」

「やっぱり、こう、でっかいループトンネルを掘るんじゃないですかね。そこだけスピードを落として、ソロソロ。それで、長いトンネルを抜けるとやっぱり雪国なんです」

「やろう、見てきたみてえに言いやがって。ごめんな、清水さん。谷口のやつ、女ができたら急に助平になりやがった」

ソバをすすりながら、妙子は「お気になさらず」というふうに首を振った。

工場の昼食に店屋物《てんやもの》を取るのは、事務室の特権である。しかしソバ屋の出前よりもこの立ち食いソバがおいしいのは、どうしたわけなのだろう。しかもカケが四十円で、店屋物より十円も安い。

「ねえ、清水さん。どうしてみんなカケしか食べないの。いつも私だけタヌキで悪いみたい」

ことのよしあしではなく、そうした疑問をはっきりと口にできるのが、知子の世代なのだと思う。

「べつに倹約してるわけじゃないのよ。習い性」

「習い性、って?」

「おそばはカケかモリ。ほかが考えられないだけ」

ふうん、と知子は納得したような声を出したが、たぶんわかってはいないのだろう。

おつゆを残らず飲みほしてから、矢田部さんは一服つけた。

「そうなるとだな、苗場はお釈迦《しやか》か。ナンマンダブ」

「いや、高速道路もできるらしいから、車でも一時間」

「おまえ、人をからかってねえか。三国峠はどうするんだよ」

「やっぱりトンネルじゃないですかね。どっちにしろ、日曜の朝に出て、ナイター終了まで滑って、余裕しゃくしゃくで帰ってくる。お釈迦は苗場じゃなくて、このドライブインです」

「そうかよ。一時間じゃ休憩もいらねえもんな」

「スキーバスもなくなるんじゃないですかね。そのころには、自家用車でしょうが」

「誰がよ」

「誰って、俺もヤタさんも」

「免許がねえ」

「だから早いとこ取っときましょうよ。みんなして自家用車でスキーに行くっての、楽しいですよ、きっと」

矢田部さんはまるで食べるように、タバコの煙を丸ごと呑みこむ。

「でもよ、谷口。あいつらはいいとこの坊ちゃん嬢ちゃんだろ」

窓の外には、スキー板を屋根に乗せた車が何台も並んでいた。自家用車でスキーに行くグループは、もう珍しくもない。列車を使えば上越線の後閑《ごかん》から一時間もバスに揺られなければならない三国峠に大きな苗場スキー場ができたのは、自動車の客を見こしたからにちがいなかった。

「わかんない人だねえ、ヤタさんは。この勢いで何年かしたら、自家用なんて贅沢でも何でもなくなるんですよ」

「わかんねえよ」

妙子はぼんやりと、矢田部さんの齢を算えた。昭和二十七年に自分が集団就職でやってきたとき、矢田部さんはもういっぱしの工員だった。戦時中は勤労動員に出ていたから、仕事の覚えは早かったのだと聞いたことがある。ほんの五つか六つのちがいでも、戦争に加わった人と子供心に記憶しているだけの妙子や谷口との齢の差は、数字以上に大きいのではなかろうか。

知子はソバを食べながら、二人の対話のいちいちに笑い転げていた。

「清水さん、ちょっといいかな」

光岡が誘った。おしゃべりの途切れるころあいを見計らっていたような、あるいはやっと決心がついたような、ともかく不穏な感じのする物言いだった。

黒いアノラックの背中が、振り向きもせずに去ってゆく。とっさに後を追うことができなかった。

光岡君はずっと我慢していたにちがいない。恋人になる資格などあるはずのない齢上の女の執拗さに、きっと耐えられなくなったのだ。

大手電機メーカーは入社式の一ヶ月前から、新入社員の研修を始めると言っていた。だとするとお正月休みのあとは、新しい人生のスタートに向かっててんてこ舞いの忙しさになるだろう。光岡君が同好会のスキーに参加するのもこれが最後だろうから、どんな形であれ絆《きずな》を結んでおかねばならないと、妙子は思いつめていたのだった。

「やれやれ」

どんぶりの中に喫《す》いさしのタバコを投げこんで、矢田部さんが溜息をついた。

「はたがどうこう言う筋合いじゃねえしなあ。美人で気立てがよくって、齢上だろうが何だろうが関係ねえだろ。ばかかね、あいつ」

「もともと偏屈者ですからね。清水さんもついに卒業だと思ったんだけど、そうはいかないか」

「いや、まだ結論が出たわけじゃねえぞ。がんばれ、清水。あんまりつれないこと言いやがったら、俺が張り倒してやる」

「ともかく話し合えよ。な、清水さん」

矢田部さんも谷口君も、知らん顔で応援していてくれたのだ。言われてみればきょう一日、妙子と光岡はなぜかいつも一緒にペアリフトに乗っていた。みんなが天使だったのだと、妙子はようやく気付いた。

「行きなさいよ、清水さん。当たって砕けろ」

知子が背中を押してくれた。

びっしりと汗をかいたガラスの向こうの、粉雪の舞う白いサーチライトの下で、光岡君が寒そうに足踏みをしている。

ドアを押して駆け出し、声が届くかどうかもわからないあたりで立ち止まると、妙子は工場に入ったとき社長室でそうしたのと同じくらい、低く頭を下げて言った。

「ごめんなさい」


少し歩こうか。

みんなが見てるし、出発までまだ五分ある。僕がずっと考えていたこと、聞いてくれますか。ただし、思いつきじゃない。何年も、ずっと考えてた。そのずっとが、きょう一日でだいたいまとまった。バスの中で少しゆっくり話をして、はっきりまとまった。だからけっして、思いつきなんかじゃありません。

ええと、困ったな。すっかり上がっちまった。

これじゃ大学を滑ったときと同じだ。高校を出てから間があいていたって、僕はちゃんと勉強はしてたし、夜間部はそう競争率が高いわけじゃないから、なめてかかってたんです。でも初めて早稲田の構内に入って、いくつも齢下のやつらと机を並べたら、とてもかなわない気がしてきた。問題用紙が新聞紙を拡げたくらい大きくて、英文を読んでいるうちにそれがもっと大きくなっていってね。しまいには真白な雪の上に、ぽつんと立ってるみたいな気分になったんです。

まいったな。あのときと同じだよ。

まだ雪が降ってる。寒い冬だな。

あっちが尾瀬。向こうが谷川岳。こっちは苗場。バスも車も、行きはここで別れて、日曜の晩にはまたここに集まってくる。

スキーに行くたびに、今度こそ言おうと思っていたんです。でも、もう後がない。この次がない。

ねえ、清水さん。さっきちょっと聞いた話を、蒸し返していいですか。

ひとりだけセーターがなかったから、寒くて仕方がなかった就職列車の話です。

清水さんはそのときの自分を、今も憐れんでいるんだなと思った。誰にも愚痴ひとつこぼさずに、十二年も十三年も、夜汽車の中の小さな清水さんと向き合ってきたんだなって。

わかるよ。とてもよくわかる。東京に行ったらあれもやろうこれもやろうって、でも現実はそれほど甘くなかった。

八時半に点呼をとって、体操をして、ラインに入ったら口もきけない。土曜の午後はいつも残業だし、日曜は寮で寝こけているか、せいぜい歌声喫茶でうさを晴らすだけ。

僕も上京した翌年には大学に進むつもりだったんだけど、とても受験どころじゃなかった。それでも何とか夢をつなぎ留めて、四年めに滑って、五年めにようやく合格したんです。

でも、清水さんの夢はずっと難しい。ほとんど不可能だと知っているから、誰にも言わなかったんでしょう。

そこで、僕からのお願いなんだけど、聞いてもらえますか。

いなくなったおかあさんを、一緒に探させて下さい。

ほかの連中から五年も遅れていたら、どう頑張ったところで出世なんてたかが知れています。でも大きな会社には労働組合があって、就業時間はきちんとしているし、盆暮のほかにも休みがとれるんです。二人して力を合わせれば、海の底の胡麻《ごま》粒だってきっと見つかると思う。不可能は何もないと思う。

あ、誤解しないで下さい。誓って言うけれど、僕はけっして清水さんを憐れんでいるわけじゃない。夜汽車から降りることのできずにいる清水さんの手を引いて、プラットホームを歩き出したいんだ。

僕と一緒に、歩いてくれませんか。汽車から降りて、プラットホームを歩いて、改札を抜けて、東京の人ごみの中に出てみませんか。

こんなに頼りない齢下の男だけど、何が起きようとどんな災いが降りかかろうと、清水さんの手はけっして離さないって、約束しますから。

ああ、まだ雪が降っている。

寒い冬だね。

清水さんの苦労には及びもつかないけれど、僕は僕なりに頑張ってきたつもりです。だから、こんな別れの瀬戸際まで、大切なことが言えなかった。どうか間の悪い男だなんて思わないで。

だらしないな。体ががたがたに震えてる。膝頭が合わないよ。

清水さん。僕の嫁さんになって下さい。後生一生のお願いです。

お願いです。お願いです。


いくどもくり返しながら、光岡君の声は裏返ってしまった。

からっぽになった頭の中で、もしかしたらこの雪は東京まで降っているのではなかろうか、と妙子は思った。

何も答えずに黙って踵《きびす》を返すと、妙子はうっすらと雪の積もった駐車場を、バスに向かって歩き出した。

するとわけもわからぬ涙が溢《あふ》れてきた。悲しいのか嬉しいのかもよくわからない、素姓の知れぬ涙だった。

青春映画ならば、恋人の胸に躍りこむに決まっているのだが、そんなおしきせのラブシーンは思いもつかなかった。目に見えぬ悪魔の力に手を引かれて、妙子は泣きながら歩いた。

バスが近付いてくる。あのほの暗い、狭苦しい匣《はこ》の中にしか、自分の身を押しこむ場所はない。お酒と汗の匂いが充満し、タバコの煙の立ちこめる、あの小さな座席のほかには。

「みなさんお揃いですかあ。お友達はいらっしゃいますかあ」

妙子のあとから光岡君が乗りこむと、添乗員さんは頭数を算え始めた。

「はい、では発車します」

谷口君は座席から腰を浮かせて、妙子の表情を注視していた。「やめろよ」とひとこと言ったなり、矢田部さんは知らん顔でタバコを吹かした。

遁《のが》れるように通路を歩き、妙子は迷いもせずに知子の膝を押しのけた。

「席がちがうわよ、清水さん」

「いいの。ほっといて」

窓際の座席に体を沈めると、妙子はアノラックを脱いで頭から被《かぶ》った。後ろに光岡君の座る気配がした。背中ごしに何かを言おうとして、もう言葉は涸《か》れてしまったかのように、しばらく荒い呼吸だけが聞こえていた。

誰も、何も言わない。たぶん矢田部さんが、ラインを見回るときと同じ険しい顔をして、余分な口はきくなと睨《にら》みつけているのだろう。

壊れてしまったのだと妙子は思った。抱えきれぬ愛の言葉を突然押しこまれて、妙子の器はばらばらになってしまった。取り乱しているのではない。もうどうしようもできぬくらい、妙子の心は粉々のかけらになってしまった。

清水さんの苦労には及びもつかないけど、と光岡君は言った。その言葉が一等、身に応《こた》えた。自分では苦労な人生だなどと思ったためしもないのに、きっと他人からは真実が見えていたのだ。そういうことならば、じっとこうして蹲《うずくま》っているほかはない。片隅に身をこごめてさえいれば、苦労を苦労とは思わず、不幸をささやかな幸福で塗り潰して、生きてゆける。

上京してから泣いたことなんてただのいっぺんもなかったのに、光岡君のおかげで壊れてしまった。

「だいじょうぶ?　清水さん」

やさしく絡めてきた知子の腕を、妙子は邪慳《じゃけん》に振り払った。

アノラックを被ったまま窓に額を押しつけ、マフラーを口の中いっぱいに詰めこんだ。

ああ、まだ雪が降っている。


スキー板を掘り返す物音で、妙子は目覚めた。

「窓から渡すから、先に降りなよ」

谷口君の声がした。矢田部さんの指が、そっとアノラックをめくった。

「じゃあな、お疲れさん。あした、寝坊するなよ」

「ごめんなさい」

と、妙子は言った。

「何がよ」

「面倒かけちゃって」

「知るか」

矢田部さんはさっさとバスを降りた。ひとつだけ気付いたことがある。他人の苦労に立ち入ってはならないというのが、就業規則には書かれていない、工場の規律なのだ。それでも長いこと付き合っていれば、ときどきこんなふうに、できる限りの手を差し延べてくれる人がいる。

うしろの窓が開いて、冷気が流れこんだ。雪はさすがにやんだらしい。

「板はトップが先、テールが後、何度言ったらわかるんだ」

路上から矢田部さんの声が聞こえた。スキー板はテールが命だから、立てるときもトップを下にしなければいけないらしい。口やかましい矢田部さんの叱言《こごと》も、もしかしたら聞き納めかもしれなかった。

今回は新婚ほやほやの奥さんに、無理を言って出てきたらしい。谷口君もじきにゴールインするのだろうし、知子は気まぐれだ。そして、光岡君が元請けに転職すれば、同好会は解散するほかはない。

矢田部さんを浦和の路上に置き去って、バスは走り出した。「知るか」という捨て台詞《ぜりふ》とはうらはらに、矢田部さんは窓ごしの妙子の顔を、じっと見送ってくれた。


「はあい、板橋本町でえす」

添乗員の声で、妙子はふたたびまどろみから覚めた。

夜も遅いというのに、交叉点は道路工事の光で真昼のように明るい。オリンピックが終わったあとも、東京は変わり続けていた。

「タエコ、しゃんとしろよ。おまえらしくないぞ」

アノラックのすきまから覗くと、ズックのリュックサックを背負った谷口君が、悲しげな顔で妙子を見下していた。

昔通りに「タエコ」と呼んでくれた。集団就職の子供たちばかりだったころには、みんなが家族のように名前か愛称で呼び合っていたものだが、高卒が多くなるといつの間にか、他人行儀な呼び方に変わってしまった。

「平気よ。お疲れさまでした」

たくましい背中には不釣合に見えるリュックサックは、上京したときに背負っていたものにちがいない。誰よりも小さかった谷口君は、ほんの何年かの間に工場一の大男になった。だからスキーに行くたびに背負っているそのリュックサックが、まさか同じものだとは思っていなかった。

「彼女によろしくねえ」

と知子がお道化《どけ》て手を振った。

谷口君の背中が遠ざかってゆく。狭い通路を一歩進むたびに、大きな体が縮んでゆく。運転手さんに向かってていねいに頭を下げる姿が、工事現場の光の裏に入って、フロントガラスのシルエットになった。

上京したばかりの谷口君は、おとうさんがリュックサックに詰めて下さった何升ものお米が重たくて、ずっとあんなふうに腰を屈《かが》めていたっけ。

谷口君はバスを降りてしまった。

山手通りの椎名町で知子が降りる理由を、妙子は知らなかった。

下請け専門の町工場と聞けば、誰もが和気あいあいとした職場を連想するのだろうが、現実と青春映画とは似ても似つかない。

過去や未来を語ってはならない。規則と慣習を守ってさえいればいい。それぞれに許されたささやかな自由に介入することは、悩みごとであれ喜びごとであれ不道徳とされていた。神田川のほとりの、高い塀に囲まれた監獄のような工場で生きてゆくためには、ひとりひとりが機械と同様に寡黙でなければならなかった。

若い知子だって、もうそれくらいの礼儀は心得ている。沼田のドライブインでの出来事など忘れてしまったように、知子は好奇心も疑念もおくびにすら出さずに、明るい挨拶をしてバスを降りた。

座席はずいぶん空いた。後ろの席で光岡君が立ち上がる気配がした。一瞬ひやりと身を固くしたが、光岡君は通路を挟んだ席に座り直した。結論が出ていない二人にとっては、ころあいの隔りだ。

「中野坂上にアパートを借りたんだ。ちょっと気が早いけど、新築はすぐに埋まっちまうから」

唇が動かない。リフトの上で吹かれて、凍ってしまったみたいに。

「六畳一間に小さな台所が付いていて、風呂はないけど、銭湯はすぐ近くなんだ」

妙子は背筋を伸ばした。誠実な言葉のひとかけらでも聞きのがしてはならない。

「団地はすごい競争率だしね。だったらそこでしばらく、社員寮の空きを待ったほうが利口だと思った。半年の研修期間が終わったら配属が決定して、もしかするといきなり地方に行かされるかもしれないし」

ときどき工場を訪れる元請けの人たちは、みんな白いワイシャツにネクタイをしめて、上等な背広を着ている。社長も専務もぺこぺこと頭を下げる。きっと何万人もの社員がいて、日本中に支社があるのだろう。

「電機メーカーは急成長しているんだ。アメリカに工場を建てて現地生産も始めているから、そのうち海外勤務だってあると思う」

光岡君が夢を語れば語るほど、妙子はしおたれてしまった。

「もういいわ」

妙子は口を被《おお》って、ようやくそれだけを声にした。

「どういう意味ですか」

「もう、たくさん」

何を考えたわけではなかった。壊れた器にそれでも水を注ぎ花を生けようとする光岡の心が、うとましくてならなかった。

添乗員が言った。

「あと十五分ほどで新宿西口に到着しますが、それまで途中下車なされる方はいらっしゃいませんね。よろしいですか」

光岡君が拳を振り上げた。まるでバスの天井を突き破るみたいに。

「中野坂上で降ろして下さい」

そして、今にも泣き出しそうな顔を妙子に向けた。

「清水さん、降りよう」

黄色い朽葉《くちば》をいくらか纏《まと》ったプラタナスの並木が、曇った窓の向こうを過ぎてゆく。

東京の右も左もわからず、知る人のひとりとてなかった少女が、今もとぼとぼと工場への帰り道をたどっているような気がした。まだあちこちに焼け跡やバラックの残っていた東京は砂漠のように広く、その広さと猥雑さとが恐怖そのものだった。

見るもの聞くもののすべてが、怖くてならなかった。

無害であるとわかってはいても。たとえ瞭《あきら》かな幸福であると知っていても。


「なあ、玲奈――」

「何よ」

くたくたに疲れているというのに、まったくウザいったらありゃしない。おやすみ、って言ったとたんにああだこうだと話しかけてくる。

ベッドみたいに倒れたリクライニングシートで振り返ると、息がかかるくらい近くに航平の顔があった。まだ本気で付き合うかどうかも決めてないっていうのに、恋人ヅラをされても困る。サービスエリアのトンコツラーメンに、おろしニンニクをゴッテリ入れるんじゃないわよ。

「まさかとは思うんだけどさ、アレ、見えてるよな」

航平は玲奈の耳元に囁《ささや》きかけながら、拇指《おやゆび》を立てた。

「アレ、って？」

「後ろの席のばあちゃん」

「ああ、アレね。見えてるよ。それがどうかしたの？」

「だって、変じゃねえの。スキーバスの後ろのほうにちょこんと座って、田舎に帰るんかと思ってたらさ、ゲレンデのロッジで一日じゅうボーッとしてるんだぜ。んで、帰りもまた同じ席に座ってるってのﾞ」

「変ていや変だけど、人それぞれだしさ。ちょっと、ニンニク臭いってば」

「あ、ごめん」

と、航平は顔を引いた。こいつはどうしてこうも、ネクタイをはずすと人格まで変わるのだろう。おたがい適齢期とかいうやつだけれど、もしプロポーズでもされたら現状ではまちがいなく、ごめんなさいである。もし理由を訊《き》かれたら、二十四時間ネクタイをしめてるならいいわよ、とでも言ってやろうか。

「ニンニクって言やあ、俺がニンニクにラーメン入れて食ってるとき、隣りでカケソバ食ってやんの」

「悪い？　おソバの基本でしょ」

「ま、そうだけどさ。正体不明のばあちゃんがカケソバの立ち食いっての、何かショボくねえ？　おまえだってジロジロ見てたろ」

「その、おまえってのやめてよ。呼び捨てもやめて。会社でポロッと出たらどうすんの。二年も先輩のあたしを捉まえて、玲奈だのおまえだの。もう、サイテー」

「ごめんごめん。それはともかく、やっぱわけわかんねえよな。いったい何者、あのばあちゃん」

「気になるんなら、話してきたら」

「話しかけたとたんに、スッと消えたらどうすんの」

「そんじゃ、あたしが行ってくる」

「やめろって。関係ねえじゃん」

「だったら関係ない話なんかしないでよ。くたびれてるんだから」

サービスエリアで買った缶コーヒーは、まだ温かかった。

スキーバスのその奇妙な乗客のことを、玲奈も気にはなっていたのだが、薄気味悪く思っていたわけではない。日帰りのバスに乗って往復するだけのひとり旅には、他人が覗くことのできないロマンチックな理由があるように思えたし、またそうした想像をたくましくさせるほど、身ぎれいで、上品で、美しいおばあさんだった。

「あの、もしよろしかったら、温かいうちにどうぞ」

玲奈は腰を低めて、缶コーヒーを差し出した。おばあさんはきょとんとしてから、「あいすみません」と顔をほころばせた。

「どうぞお掛けになって」

座りこむのもどうかと思ったが、航平の中味のないおしゃべりに付き合わされるよりはましだった。

「スキーは、なさらないんですか」

「若い時分はいたしましたよ。苗場国際ができてから、まだいくらもたっていないころ」

「それって、いつごろですか」

「昭和三十九年か四十年。東京オリンピックのころね」

「わあ、すごい。あたし、まだ生まれてないです」

「当たり前ですよ。おとうさんやおかあさんだってどうかしら」

「ええと、あ、それは生まれてますねえ。まだ子供ですけど」

言い方がおかしかったのだろうか、おばあさんは温かいコーヒー缶を頬に当てたまま、くすっと笑った。

少し見とれてしまった。こんなふうに老いることができたらいいと思う。胸に掛けた純白のダウンコートからは、乾いた雪の匂いがまだ立ち昇っているようだった。藤色のタートルネックがとてもよく似合う。おしゃれなフレームのメガネにも、うっすらと同じ色がかかっていた。

「スキーもしないのに、変なおばあさんだって思ってるんでしょう」

「え、変だなんて思わないですよ。でも、ちょっと気になってて」

「何をしていたか、当ててごらんなさい」

「そうですねえ。昔のロマンスを思い出してた。ごめんなさい、失礼なことを言っちゃって」

あらまあ、とおばあさんは驚いた顔をした。図星だったのかな。

コーヒー缶のプルトップを開けてあげると、おばあさんはおいしそうに飲んでくれた。

「ご主人、じゃないわね。彼氏かしら」

「みたいなものです」

「あなたより齢下でしょ」

「えっ、わかりますか」

「昔の男の人は二つや三つ齢下でも、わかりゃしなかったんですけどね。みんな大人だったから」

高速道路の光が、おばあさんのシニョンに結った髪を染めて過ぎる。話題を変えようかそれとも席に戻ろうかと、玲奈は迷った。

「おひとりなんですか」

「ええ、おひとり様よ」

「プライベートでも？」

「ずっとおひとり様。気楽なもんですよ。つれあいに死なれて悲しむこともないし」

ちょっと意外だった。セレブな奥方様ではないとすると、いったいどんな人生を歩んできたのか、できたばかりの苗場スキー場でどんなロマンスがあったのか、玲奈はどうしても聞きたくなった。

航平はニンニク臭い鼾《いびき》をかきながら眠ってしまっただろう。

子供っぽい男だけれど、愛していないと言えば嘘になる。それなりの覚悟はあるから、同じ職場の男と付き合い始めた。誰にも相談のできない恋愛は、不安でたまらない。たとえばきょう一日を振り返っても、航平を世界一好きになったり、世界一嫌いになったりしていた。

おばあさんは窓のカーテンを少し開けた。赤城山の頂《いただき》に、夢見るようなピーターパンの月が懸かっている。

昔の帰り道はこのあたりまで雪が積もっていたのだと、おばあさんは夜の鏡を覗きこみながら言った。

それから、ひとことが胸に滴《したた》り落ちて、たちまちしみ入るほどの静かな声で、語り始めた。

「降りられなかったの。どうしても――」

九泉《きゆうせん》閣《かく》へようこそ

1

海は暗い鏡を置いたように凪《な》いでいた。

姿を映す鏡ではなくて、緑青《ろくしょう》に被われた、重く暗鬱な古代の鏡である。

東の空には赤い満月が昇っているが、その耀《かがよ》いは昏《く》れなずむ海に届かなかった。

も少し早い時間に出発していれば、海や岬が茜《あかね》色に染まるみごとな夕景を見ることができたかもしれない。

列車は海岸線の懸崖を巻きながら、ゆっくりと走っていた。この時刻でさえなければ、と思ったとたん、溜息が洩《も》れた。ついでチッと舌打ちまでして、そうするそばから自分もすっかり蓮ッ葉な女になったものだと呆れた。

下品なしぐさが堂に入るほどの、苦労な人生ではないと思う。四十という年齢も、何が衰えたわけではなかった。

だが、はたから見れば溜息も舌打ちも、夜の化粧もみてくれも、堅気《かたぎ》の女ではなかろう。

「春さん、重たいよ」

いぎたなく眠りこける男の顔を、真知子は押し返した。

すべてはこの男のせい。海のように広くて自由な人生を、こいつがもののみごとに鎖《とざ》してしまった。

「ついたか」

「まだよ」

男はまた真知子の肩にしなだれかかった。酒臭いだけならまだしも、このごろ得体の知れぬ匂いがする。もともと腐った野郎だが、悪い病気か何かで本当に腐り始めているのではないかと思った。

「近くなったら起こしてくれ」

「起こさないわよ。さいなら」

終点の下田で目覚め、あわてふためく男の姿を想像すると、おかしくてたまらなくなった。

笑いぐさにでもするほかには、何の取柄もない男だった。もっとも、そういう男だからこそ、八年も続いているのだが。

鈍色《にびいろ》に凪いだ海を見つめているうちに、真知子も睡《ねむ》たくなった。


初めて会った居酒屋の止り木で、男は芸能界に身を置いていたころの思い出をとつとつと語った。

老店主は相鎚《あいづち》を打ちながら、ときおり真知子に思わせぶりの目配せを送った。きっと、こんな古くさい手管にほだされる、おぼこな娘もいるのだろう。

虚栄に満ちた話は不愉快だったが、そのうち男が道化に思えてきた。本人だけがそうと気付いていない道化者である。

あながち嘘ではないらしい。映画の主役を張るほどの俳優を昔なじみのように呼んだり、今をときめく美人女優を、あたかも関係のあった女のように語るのはご愛嬌だが、少くとも身近で見聞した話にはちがいなかった。

道化の語るゴシップは酒の肴になった。老店主が相鎚を打ち、真知子が間《あい》の手を入れるほどに、男の話はとりとめようがなくなった。

とうとうほかの客の相手をしていた女将《おかみ》がやってきて、話に水をさした。

「ねえ、春さん。このお客さんはお堅い人なんだからね。ご迷惑だよ」

女将の物言いにはいささか険があったから、真知子は場を繕うつもりで自己紹介をした。

兜町の証券会社に勤めていること。ずっとデスクワークで、人と接する機会が少いぶん幼く見られてしまうこと。でも、こうして独り酒を酌むのが楽しみなのだから、べつだんお堅い人間ではない、などと。

「だからって、春さんの自慢話を面白がるような人じゃあないよ。たいがいにしておきな」

男の名は、須田春夫といった。いかにも道化の本名のような、閑《のど》かな名前だと思った。

「須田町の須田に、春秋の春、亭主の夫」

本人の解説まで閑かだった。

「亭主は亭主でも、北千住の髪結《かみゆい》の亭主よ。地元でそう呼ばれるのも癪だから、わざわざ地下鉄に乗って飲みにくるんだわ」

下町かたぎの女将だが、そこまで言うからには長いなじみの客なのだろう。

あんがい面白いですよ、と真知子は二人の立場を気遣って言った。

無口な老店主が頼みもせぬ小鉢を真知子の前に置いた。山椒の効いた、口の中で蕩《とろ》けてしまうほど軟らかな蛸《たこ》の煮付けだった。こいつはめったに来やしないから、と店主が耳元で囁いたような気がした。

どうすればこんなに軟らかくなるの、と真知子が訊ねても、店主はくわえ煙草の口元を歪《ゆが》ませるばかりで、答えてはくれなかった。

まどろみから目覚めて腕時計を見た。

乗り過ごしてしまったかと思ったが、ほんのわずかな時間しか経ってはいなかった。もっとも、寝過ごしたところで宿も決めてはいないのだから、どうということはなかった。

昏れなずむ海の上には、相変わらず円く切り貼りをしたような月がかかっていた。日足の遅さが春を感じさせた。

男を起こさぬよう肩を残して、真知子は緩慢に過ぎてゆく景色を窺《うかが》った。蜜柑《みかん》畑にはまだ実がついており、このあたりに季《とき》を先駆けて咲くという梅や彼岸桜もまだ見当たらなかった。花といえば、ときおり線路端に水仙の群があるばかりだった。天然の花とは思えぬ鮮やかな黄色を見送るうちに、また溜息が洩れた。

春はいまだしなのに、このどうしようもない春に居座られてしまった。いや、海のように自由だったはずの人生を、こんな男に乗っ取られてしまった。

あれからのいきさつは、なるべく思い返さぬようにしている。顧みたところで、得は何もないからだ。

車窓から目をそむけると、通路を隔てた席にちんまりと座る老婆が、真知子にほほえみかけた。一人旅と見える、様子のいい婦人だった。亡きつれあいとの思い出の旅路をたどっている、というところか。

まさか自分たちが仲睦まじい夫婦には見えまい。かと言って、親子でもない。つまり、水商売の女と客。想像をたくましくすれば、下町の小料理屋の女将とその金主。

老婆の視線は臆面もなく、真知子の表情とその肩に凭《もた》れかかる男に向けられていた。

あんまりいい人じゃないよ、と乾いた唇が物を言ったように思えた。

そう。いい人じゃないわ。本物の悪党が憎めないやつだ、ということぐらいは知っていた。こいつに比べれば、泥棒も詐欺師もたいした悪人じゃないわ。まさか他人の人生までは盗まないから。

真知子は老婆にほほえみを返し、年甲斐もなく薄茶色に染めた男の髪を、これ見よがしに梳《くしけず》った。

恋人ができたらそう言ってくれ、いつでも消えるから。

その一言が気に入った。生活の一部分とみなすのであれば、春夫は真知子にとって好都合な男だった。

週末の午後にふらりとやってきて、地下鉄のあるうちに帰った。独り暮らしには広過ぎるマンションも、男のおかげで塒《ねぐら》ではない意味を持った。もう若くはなく、しかしまだ若いはずの女の季節を、春夫が過不足なく塡《う》めてくれたのはたしかである。

恋人ならばあれこれ考えねばならないこともあるが、春夫にはそうした面倒がなかった。

だから電話を受けて酒や食事の仕度をする間、「愛していない」と胸で呟き続けた。愛情さえなければ、嫉妬心や罪悪感とは無縁でいられるからだった。

自分にとって好都合な男からすれば、きっと好都合な女なのだろう。だが、そうした関係に不都合は何もない。

饒舌な春夫は、けっして私生活を語らなかった。そのかわり、真知子の不満や愚痴は親身になって聞いてくれた。どう考えてもろくでなしにはちがいないのだが、齢が離れているせいか、それとも女のあしらいに慣れているのか、春夫は居心地のいい男だった。

金はせびるでもなく、よこすでもなく、むしろそんなものはこの世に存在しないとでもいうぐらいに、恬淡《てんたん》としていた。

「春さん」という呼び名も居酒屋から持ち帰った。男ともだちが「男」に変わったときは、まず呼び方が難しくなるが、その手間は省けた。「須田春夫」は考えるだに興醒めのする道化の本名で、「春さん」のほうがずっとよかった。

春さんは生身の男ではなく、それどころかたぶん人間でもないのだと、真知子は思うことにした。

暑くも寒くもなく、湿り気も乾き具合も、一年じゅう春のような男だった。

「着いたか」

「もうじき。目を覚まして」

海はようやく昏れた。赤い月もいくらかすぼまって、銀色に変わった。

「やっぱ、新幹線のほうがよかったな。ヒマでかなわねえや」

「酔っ払って寝こけてたくせに、ヒマも何もないもんだわ」

八年の間、春夫が真知子の部屋に泊まったためしは一度もなかった。もちろん、泊まりがけの旅行も初めてである。理由はさておくとして、その程度の関係であるといえば、不自然ではない。

むしろ真知子は、春夫とともに迎える朝というものが信じられなかった。

「いくら思いつきにしたって、さあこれから行きましょうはねえよな」

「まさか春さんが、よし行こうって言うとは思わなかったわ」

ところで、と言いかけて真知子はためらった。

「ところで、何だい」

「おうちのほうは、大丈夫なのかしら」

言ったとたんに、口が腐るような気がした。春夫も耳が腐るとばかりに、顔をそむけた。

「何とでもなるさ。今さら揉《も》めるほどの仲でもねえし」

「そう。なら、いいわ」

いつの間にか車内はがらんどうになっていた。老婆の姿もなかった。亡きつれあいと過ごした思い出の宿は、沿線のどこかしらだったのだろうか。

ふと、あのお婆さんははなからいなかったんじゃないか、と思った。

お節介な幽霊。良心が映し出したまぼろし。

いいえ、それならまだしもマシね。この旅を懐しんで、未来からやってきた私自身。

そこまで想像をめぐらして身を震わせると、天井の灯がふいに落ちたような気がした。


春夫と知り合った年の暮に、居酒屋の女将が死んだ。

仕込みの最中に倒れて、救急車が到着したときにはもう息がなかったそうだ。無口な店主は瀕死《ひんし》の女房を小上がりに寝かせたきり、人を呼ぶでもなく店の前で煙草を喫《す》っていた。隣の掛接屋《かけはぎや》がガラス越しに挨拶をすると、ふだんとどこも変わらぬ会釈を返したという。

居酒屋にしては気が利いていて、小料理屋と呼ぶにはがさつな店は、会社帰りに立ち寄るにはころあいだった。週に二度か三度はやってくる真知子のために、女将はカウンターの奥の席をいつも空けておいてくれた。

むろん、春夫と連れ立って出かけたためしはない。だが、あるとき女将に、「あんたには言っておきたいことがあるんだけどねえ」と囁かれて、ひやりとした。

結局そのさきは聞かずじまいだったが、女将はそれだけで言い切ったつもりだったのかもしれない。

真知子がいくら気をつけても、噂に戸は閉《た》てられない。ましてや、おしゃべりな春夫の口は、酔えばいっそう締まりがなくなる。二人の関係は真知子にとっての恥でも、春夫にしてみれば自慢にちがいなかった。

まさか女将には言うまい。だが酒の勢いで、無口な店主の耳に入れたとしてもふしぎはなかった。

女将の不幸を、真知子はしばらく知らずにいた。年末のあわただしさのうえに、忘年会やら同窓会やらが重なって、足が遠のいていたからである。

いいかげん年も押しつまったころ、思い立って郷里から送ってきた林檎《りんご》を手みやげに訪れると、店は愛想もなく閉まっていた。

思いもよらぬ事の次第を伝えてくれたお礼に、林檎は隣の掛接屋に引き取ってもらった。葬儀がいつどこで行われたのかも知らなかったが、気に病むほどの話ではなかった。東京の葬祭は淡白だし、それにしょせんは飲み屋とその客で、義理に絡むほどの仲ではなかった。

ところが年が明けるとじきに、春夫が思いがけぬ話を持ちこんできたのである。

「おやじさんひとりじゃあ、とうてい切り盛りできねえから店は閉めるらしい。それにしても、客はついているし場所も悪かねえし、もったいねえと言ゃァもったいねえ話だ。そこで、どうだい。あんたが居抜きで引き継ぐってのは」

なかば冗談として聞き流したのだが、考えるほどに眠れなくなった。

会社に未練はない。短大卒の事務職採用では先行きも知れている。職場の男性には魅力を感じないし、むろん彼らから見ればそれ以上に、真知子は魅力のある女ではないはずだった。

居酒屋の板場には、何度か入ったことがあった。頼まれたわけではないが、忙しくて手が回らなくなると、女将は手際の悪い店主に苛立《いらだ》つのである。もともと手先が器用で、食べるよりも作るほうが好きだったから、板場の手伝いは楽しかった。

もしかしたらこれは、いい話なのかもしれないと思った。証券会社の中堅ＯＬと、下町の居酒屋の女将。二つの人生をむりやり秤《はかり》にかけてみたのだった。

良識だの世間体だの、学歴だの職歴だの、そうした余分なしがらみをこそぎ落としてしまえば、幸福な人生を量る天秤は一気に傾いた。


春夫はようやく目が覚めたというだけで、足元も怪しいくらい酔っていた。

真知子から金を毟《むし》り始めたころは、それでもヒモはヒモなりの矜持《きょうじ》を持っていた。力仕事は女にさせなかったし、客との悶着《もんちゃく》も上手に収めてくれた。これほど酒に呑まれることもなかった。

「ついたか」

「もうついてるわよ。ほら、しゃんとして」

宿の予約もしていない思いつきの旅だが、駅の様子を見る限り、心配は要らないだろう。プラットホームも通路も、列車の続きみたいにがらんどうだった。

この男にはうまくやられたのだと思う。いったいどこまでが計画通りで、どこからが成り行きまかせだったのかはわからないけれど。

店を持ったとたん、一文の金も出していないのに金主面をした。夫婦でも恋人でもないのに、亭主面をした。もっとも、ほかに頼る人のない真知子にとって、それはそれで仕方のないことだった。

ただ、銭勘定には疎《うと》いふりをしながら、少くとも真知子より達者だったのはたしかである。やがて、あれこれ理由をつけて金の無心が始まったが、やはりそれはそれで仕方がない、と思える按配《あんばい》の金額だった。

計画通りなのか成り行きまかせなのか、ともかくそうして八年が過ぎた。その間に、北千住の髪結の女房は声も聴こえず姿も見えず、居酒屋はそこそこに繁盛しているのに、真知子の貯《たくわ》えは残らなかった。

そのふたつの結果が、不可分の出来事ではないと気付いたとき、真知子はやっと春夫を憎んだ。つまり、悪人なのだ。

「宿はあるんかな。ひとっ風呂浴びてえ」

「死んじゃうわよ」

「死ぬもんか。まだまだ飲み足らねえよ」

「死んじゃうってば」

「おめえが言い出しっぺなんだから、宿は探してくれよな」

一夜の宿など、駅の案内所でどうにでもなるだろうと高を括っていた。部屋がどうの料理がどうのなどと、面倒を言うつもりはなかった。

ところが、改札口には予想だにせぬ風景が待っていた。

「えー、お宿はこちら」

「おきまりですか、お客さん」

「眺望絶佳、いいお部屋があいております」

「料金はこちらでご相談、ささ、どうぞ」

もしや時間を踏みたがえたのではないか、と思った。昔ながらの法被《はっぴ》姿の番頭たちが、宿の幟《のぼり》を立て、提灯《ちょうちん》までさげて客を引いているのである。

あまりしつこい宿はよほど不景気なのだろうと思い、声を出すでもなく待合室の片隅に佇んでいる番頭に目星をつけた。

「お早いお着きで。ようこそ、九泉閣へ」

老いた番頭は満面の皺《しわ》を引いて笑った。お早いお着きであるはずはないが、昔からの口上なのだろう。宿の名を記した提灯の上明りが、人柄の良さげな顔を照らし上げていた。

「お風呂が九つもあるのかしら」

「はい。ご予算はいかほどで」

「いくらでもかまわないわ。上等のお部屋を」

「かしこまりました。九泉閣へ、ようこそ」

風呂が売りなのだろう、番頭は宿の名をくり返した。

駅頭は暖かな潮風と湯の香にくるまれている。

2

「いくらでもいいと言われたって、このザマじゃあそうそう頂戴《ちょうだい》するわけにもいかないよ」

旦那さんは冷蔵庫を覗《のぞ》きこみながら、捨て鉢な言い方をした。

六時過ぎまで改札に粘って、ようやく客を引いてきたというのに、これではまるで余計なことをしたようじゃないかと、喜一は情けなくなった。

顔色に出たのだろうか、旦那さんは冷凍の鮪《まぐろ》を掌の中で弾ませながら、喜一を労《ねぎら》ってくれた。

「なあ、キーちゃん。あんたにはまったく頭が下がるが、おたがいもう若くはないんだし、そろそろ先のことを考えなきゃな」

それを言うのなら、旦那さんが東京の会社を辞めて、親の跡を継ぐと決めたときが、唯一の潮時だったと思う。もうそのころには、観光バスを仕立ててやってくる団体さんはめっきりと減っていたのだし、新幹線や高速道路のおかげで押し寄せてくるはずだった個人客も、もっと遠くまで足を伸ばすか、来るには来ても日帰りになってしまった。

とっくに先は見えていたのだ。

「もうだいぶ酔っ払ってらっしゃるから、料理に文句はつけねえよ」

言うそばから唇が寒くなった。

「おいおい、キーちゃん。それはないだろう」

冷凍の刺身で高い宿賃を払わせるわけにはいくまいが、そもそも板前を雇い切れなくなってからは、旦那さんとおかみさんが料理をこしらえている。

そのおかみさんも、去年の暮にお嬢さんの嫁ぎ先に行くと言い置いて出たきり、音沙汰がなかった。

先々代から五十年の上も働き続けてきた老舗《しにせ》の宿が、こんなふうにおちぶれるなど、悪い夢としか思えない。お内証のことなど知らないし、むろん知ってはならないのだが、たぶん今は閉業の潮時を計りそこねて自然にくたばるのを待っているのだろう。その臨終が、いったいいつ、どんなふうに訪れるのかはわからなかった。

「あとは俺と仲居さんで十分だから、上がっていいよ。ごくろうさん」

まとまった給料も払えず、家族同然に働いている喜一を、このごろ旦那さんはひどく気遣っている。

家族と思ってくれていいのだ。五十年の上も勤めさせてもらったおかげで、年金はたっぷりと入ってくる。もったいないくらい別嬪《べっぴん》の女房を娶《めあわ》せてくれたのも、その女房に逃げられた後始末をしてくれたのも、先代の旦那さんだった。

「用があったら、いつでも呼んでくれ」

旦那さんのくすぶった顔を見ているのもやりきれず、喜一は広いばかりの厨房を出た。

年をとると世界が狭く感じられる、と聞いたことがある。通ったためしのない道はなくなり、人は見知った顔ばかりになり、おまけに好奇心がなくなって、知らないことはないことにするからだそうだ。

まあ、理屈はわからんでもない。だが、喜一が棲《す》み続け、働き続けているこの宿ばかりは、若いころよりずっと広く感じられてならなかった。それも何だか、年々拡がってゆくような気がするのである。

厨房を出ると、二間幅の大廊下が玄関へと続く。百年前によほど贅をこらしたらしく、床板を張り替えたという記憶はなかった。

左手が池泉《ちせん》で、右手が百畳の大広間である。折上《おりあげ》天井の立派な造作《ぞうさく》だが、ここで宴会を開くような団体客は、もう何年も来てはいない。

この旅館が文化財とやらに指定されないのは、戦後の好景気の時代に鉄筋コンクリートの新館を繋《つな》げてしまったからだった。高台の限られた敷地なので、由緒正しい本館の一部は取り壊した。そして、皮肉なことには今後の団体客を当てこんだその新館が、命取りになった。

破風《はふ》の上がった大玄関を掃いていると、仲居が通りかかった。雇っているのは六十を過ぎたひとりきりで、手の足らないときは斡旋所《あっせんじょ》が仲介をする。つまり、そのひとりきりしかいない仲居は、やはり家族同然のはずなのだが、まちがっても給料を返上するような女ではなかった。

「キーちゃん、これ、お客さんからお心付け」

仲居はあたりを憚《はばか》りながら、千円札を喜一に握らせた。

チップは従業員が等分にするものだが、二人しかいないのだから山分けということになる。それにしても、宿賃に糸目はつけぬと言うほどの客が、二千円の心付けでもあるまいと喜一は読んだ。

「旦那さんには言っとくけど、あしたの朝に病院の予約してるんだわ。お客さん、お願いできるかな」

仲居は年甲斐もない科《しな》を作って、喜一の袖を引いた。

どうせうちには客などくるはずはない、と踏んで、よその旅館のアルバイトを入れていたのだろう。若い時分には芸者をさしおいて酔客に口説かれるほどの器量よしだったのに、このごろ狐に似てきた。

「あいよ。お大事に」

言いたいことは山ほどあるが、自分の領分ではない。

九泉閣。どうにもこの名前がいけない。

男女別の大浴場と、それぞれの露天風呂。きょうびはどこの旅館にもあるが、かつては海の見える露天がこの宿の名物だった。

大島の火山岩でこしらえた岩風呂。これはひとつきりだから、男女は朝と晩に時間を切っている。

加えて、貸し切りの家族風呂が四つ。つごう九つの湯に入れるので、九泉閣というわけだ。

いや、それは勝手な思いこみかもしれない。なにしろ看板を掲げたのは喜一の与り知《あずか》らぬ昔である。

もともとは板場の見習として雇われたのだが、さんざ皿を割ったり指を刻んだりしているうちに、湯守《ゆもり》の見習に回された。たしかにいくらか手先が不器用でも、根気のいる仕事は喜一に向いていた。

板場に五、六人、男衆はその上、雇いの仲居が十何人もいたころの話である。当初の九泉閣は、いわゆる文人墨客《ぶんじんぼっきゃく》がしばしば訪れる宿だった。

あるとき、長く滞在している小説家の先生の背中を流していると、ふいに妙なことを訊かれた。

「君ィ、九泉閣という名称は、いったいどなたが付けたんだね」

「よくは知りませんが、たぶん初代の旦那さんが」

すると小説家は、骨が浮き出るくらい痩せた首を、ふしぎそうにかしげた。

「何か、気がかりでも」

「いやね、墨客というのは、宿賃のかわりに字や絵を置いてゆく、不届者の謂《いい》なのだよ」

「ありがたいことです」

「そうかね。文人は旅をして想を練るものだが、字や絵を残しているやつはあらまし定《さだ》まっている。金のかわりに一筆など、ペテンも同然ではないか」

まさかそうとまでは思わないが、玄関の引き付けには、明治の文豪の手になるという「九泉閣」の揮毫《きごう》が掲げてあった。小説家はその古びた扁額《へんがく》から、名付け親はかの文豪ではないかと推理したのだろう。

「さような手合は、物事の是非に疎い。いわば愚民思想のようなものが根にあって、もしや宿の主《あるじ》はからかわれたのではなかろうかと疑った」

「すんません、先生。なにぶん学がないもので、おっしゃることがよくわかりません」

するとと小説家は、湯気に曇った鏡の上に、「九泉」と指でなぞった。

「古来この意味は、九重《ここのえ》の地の底をいう。すなわち黄泉《よみ》の国、すなわちあの世。転じて墓場の雅言《がげん》として、詩歌に詠《うた》われたりもする。たしかに九つの温泉と読んで読めぬでもないが、いくらか学のある客ならば、そうと聞いていい気分にはなるまい」

「でも先生、学者さんも小説家の先生も、よくお越しになります」

「それはね、君ィ。あんがいみんな馬鹿なのか、さもなくば怖いもの見たさか、そのどちらかだよ」

喜一は抗弁した。小説家が無学な自分をからかっていると思ったからだった。

「でも、やっぱり九つの湯だと思います。極楽の湯みたいに気持ちがいい、という意味かもしれません」

小説家の喧《けたたま》しい笑い声が、大浴場に谺《こだま》した。

「君ィ。極楽ならば天上だろう。九重の地の底にあるとすれば、血の池地獄じゃないのかね」

それからいくらもたたぬうちに、小説家は肺病で死んだそうだが、訃報《ふほう》を聞いたとき喜一は、胸のうちで快哉《かいさい》を叫んだものだった。九泉閣の名を穢《けが》した罰《ばち》が当たったのだとも思った。

だが、大浴場のタイルに弾け返る笑い声は、なぜか忘れられない。ことに近頃では、客のあるなしにかかわらず九つの風呂の手入れをするたびに、ありありと思い起こされてならなかった。

九泉閣。どうにもこの名前がいけない。

風呂をひとつひとつ検《あらた》めて回ると、湯殿から戻る渡り廊下で客と行き合った。

男の客はいくらか酔いが覚めた様子で、これからひとっ風呂、というところらしい。

渡り廊下は左右に植えられた楓《かえで》や桜の景観を望むために、腰板だけの吹き抜けになっている。湯の温度は昔のまま熱く、冬でもさほど寒くはならぬ土地柄のせいで、この造作は評判がよかった。

灯りは天板のところどころに吊られたぼんぼりである。立ちこめる湯煙の中に、時代を経た渡り廊下が延びるさまは、そのままポスターに仕立て上げたいくらい情緒があった。

男女の客はそのぼんぼりの光が届かぬ闇の涯《はて》から、ぬっと現われたように思えた。

いてはならぬものがいるならば驚きもしようが、宿泊客に出くわして肝を冷やすというのはどうかしている。ましてや自分が駅から引いてきた客である。

しかし、そのとき喜一は、どうしてもそこにいてはならぬものを、見てしまったような気がした。

夫婦ではない。だがそれはむろん、二人を忌避する理由にはならなかった。見た通りの男と女は、東京から近いこの温泉場では、むしろ夫婦よりも当たり前と言ってよかった。

身を寄せ合って歩いてくる二人が、何やら荒縄でがんじがらめに縛り合っているように見えたのである。それこそ身じろぎもできぬくらいに、あらぬ力でふん縛られ、もつれ合う足だけをどうにか運んでよろぼい歩いてくるように思えた。

こんばんは、とすれちがいざまに女が呟いた。とうてい人のものとは聞こえぬ、木だか骨だかが軋《きし》るような声だった。

喜一はようやくの思いで、言わねばならぬことだけを言った。

「大きなお風呂も、ご一緒にお入り下さいまし」

あら混浴はいやよ、と女が言った。

「いえ、ほかのお客さんがいらっしゃいませんので」

そいつはいいや、宿ごと貸切りかい、と男が嫌みたらしく言った。まるで九泉閣のお内証を読み切っているような口ぶりだった。

きっとたちの悪い男なのだろうが、そう思うそばから、いいも悪いもなく、ただかわいそうな人間に見えてきた。たとえば、背負った罪状はともかく、刑場に引かれてゆく者をしめやかに見送るような気分だった。

思い過ごしにちがいない、と喜一は気を取り直した。九泉閣のおちぶれようが、自分をすっかり気弱にさせているだけなのだろうと思った。

掃除は隅々まで怠りないが、それでも廊下や引き付けに艶がないのは、かつては惜し気もなくあちこちに飾られていた文人墨客の書や絵が、あらまし消えているからだった。

ただひとつ、九泉閣の三文字を記した玄関の扁額だけは、まるで剝がせば祟《たた》る呪符のように掲げられていた。

しかめ面の旦那さんが、帳場の電話を抱えて何やら話しこんでいる。戻ってこないおかみさんか、悪い金貸しか、ともかくろくでもない交渉をしていることはわかった。

喜一は帳場の脇を早足ですり抜けて、梯子段《はしごだん》を昇った。使いもせぬ客間はいくらもあるが、隠し部屋のような四畳半が喜一の棲《すみか》だった。もったいないくらい別嬪の女房とも、わずかの間だったがこの部屋で暮らした。小さな格子窓からは海も見えた。

小癪なことには、みごとな満月だ。

女房に逃げられたときも、前の旦那さんに死なれたときも、こうまで悲しくはなかったのに、お月様までが嗤《わら》っているような気がして、喜一は膝を揃えたまま土壇場の罪人のようにさめざめと泣いた。

極楽だろうが地獄だろうが、九泉閣は喜一のすべてだった。

3

「しかし、どうなんでしょうねえ。死体遺棄罪っていうのは」

つづら折りの急坂を上りながら記者は言った。一見して野蛮な男だが、運転はうまいようである。

「強引だとは思うが、起訴されたんだから仕方ない」

「ですよね。だいたいからして死体遺棄罪は――」

「わかってるって。そのさきはノーコメント。公判前なんだから」

木崎は記者の口を封じた。現場を見に行きましょう、という誘いに乗ったのは、タクシー代が馬鹿にならぬと思ったからである。それともうひとつ、役場の広報課長から、なるべく大ごとにしないでくれと、手をついて頼まれた。つまり、マスコミにどうせっつかれても、弁護士の口からは何も言ってくれるな、という意味である。だったら、いっそのことこの機会に、夜討ち朝駆けで電話を入れてくるこの記者を、説得してみようと思った。

「僕はこの町の生まれなんだ。中学までここで育った」

「ああ、そうだったんですか。それで、国選弁護人を引き受けた」

「そんなこと書くなよ。私事なんだから」

「はい。本件とは関係ありませんね」

「あなた、支局にはどれくらいいるの」

「三年目です。そろそろ異動だと思いますけど」

「三年か。だったら愛着もあるだろう」

「ええ、動きたくないくらいですよ。魚はうまいし、いつでも風呂に入れるし。話題といえば、花火大会とか、温泉客誘致キャンペーンのあれやこれや」

「だが、暗い話もきりがない。新聞記者に書くなとは言えないよ。少しでも愛着があるなら、町のイメージを悪くしないでほしい」

痛いところをつかれたのだろうか、記者は少し憮然《ぶぜん》としてから、「はい」とだけ答えた。

不景気な温泉町の、老舗旅館で起こった奇怪な事件。記者兼支局長としては無視するわけにはいくまいが、書きようによってはこの町の致命傷になる。

定年前の広報課長が手をついたのだから、自分も偉そうにせずに、泣き落としでいこうと木崎は思った。

「おやじもおふくろも、ホテルの従業員だったんだ。というより、番頭と仲居が所帯を持ったんだな。で、僕が中学生のとき、ホテルが不渡りを飛ばして突然解雇。この町を捨てて東京に出た」

客観的事実はそれだけだが、主観を陳述すればきりがない。つまり、報酬に見合わぬ国選弁護人を買って出た理由は、自分のほかに被告人の主観を理解しうる弁護士などいない、と信じたからだった。

「司法試験は何回目でしたか」

「いやなことを訊くね」

いかにも新聞記者らしい露骨な質問だが、能力のことを訊ねているのではないと思った。つまり客観的事実ではなくて主観の部分——木崎の苦労に興味を抱いたのだろう。

「六回目。初めての単独弁護が、本件なんだ」

へえ、と記者は大仰《おおぎょう》に驚いた。

「社会派のベテランかと思いましたよ」

浪人中も厄介になっていた所長は、「国選弁護人は君自身のためになる」と言った。さまざまな意味にとれるが、今はそうとも思えなかった。やはり弁護士は、事案のいかんにかかわらず、被告人の利益を追求しなければならない。

「ご存じですか。自殺は春が多いって」

「冬じゃないのか」

「陽気がよくなると、物を考えてしまうんじゃないですかね。ともかく統計上は、春なんだそうです」

九泉閣の庭は曠《あ》れていた。駐車場には送迎用のワゴン車が埃《ほこり》を被っており、唐破風《からはふ》の玄関に向かう石畳も雑草にまみれていた。

夏は盛りである。日射しは強いが、足元から吹き上がる海風はここちよかった。なかなか現場に入る気になれず、記者の差し出した生温いミネラルウォーターを飲みながら、しばらく海を眺めた。

「ところで、さっきの話だけど――」

「え、どの話ですか」

「死体遺棄罪」

「ノーコメントでいいですよ。公判前なんだから」

この記者は勘がいい。そもそも死体遺棄罪で起訴提起するのには無理があるのだ。そこを指摘したのには驚いた。

刑法における死体遺棄罪は、葬祭に関する社会秩序を維持するためにある。つまり、死体の場所を勝手に移して放置したり、葬祭の義務を負う者が何もせずに死体を放置することで成立する。だから理論上は、人を殺してその場に遺棄して立ち去っただけでは成立せず、殺害後に死体をほかの場所に移動させれば、「死体遺棄罪」に問われるのである。

「起訴状によると、被告人は作為をもって死体を移動させた」

「どこかほかの場所に棄《す》てたわけじゃありませんよ。死体はすべて、この九泉閣で発見されたんです」

「しかし、作為をもって移動させたのはたしかだから、死体遺棄罪は成立する、というわけだ」

「そこですよ。首吊り死体を放っておけば罪にならなくて、蒲団《ふとん》に寝かせたら死体遺棄ですか」

この記者は味方だと思った。科《とが》なくて裁かれる人を弁護しようとしている。

「だから強引すぎると言ってるじゃないか。しかしね、三つの死体と一年五ヵ月も暮らした被告人を、不問に付すというわけにもいかない。現時点ではほかに訴因がない」

「殺してないですよ」

「そう、殺してない。だがあまりにも異様な事件だから、それも視野に入れている。被告人には身柄引受人もいないし、保釈金も用意できないから、拘束されるほかはないんだ」

起訴状や捜査資料から窺い知れるのは、そこまでだった。

「さあ、行こうか」

玄関脇の通用口の鍵は、裁判所から借りてきた。そこまで必要ですかね、という裁判官の一言は、木崎のキャリアよりも国選弁護人の立場を侮《あなど》っているように聞こえた。

「まだ少し臭いませんか」

「温泉の臭いだろう」

「いえ、ちがいますね。このあたりの源泉はどれもナトリウムですから」

靴を脱ぐかどうか迷った。現場検証はとうに終わっているから靴跡はかまわないだろうが、埃にまみれてはいても、土足が憚られるほど立派な玄関だった。

記者がスリッパを持ってきた。見上げれば正面の鴨居に、「九泉閣」と記した古い扁額がかかっていた。

「風呂が九つもあるから九泉閣だそうです。でも、源泉は同じですよ」

あんがい繊細な性格なのだろうか、記者は汗を拭ったあとのタオルで口を被った。

「もういい、もういいって。そのあたりは監察医から聞いてきた」

「なんだ、わかってたんですか」

死体検案書の記載は、「不明」とする点が多かったので、監察医を訪ねて所見を聞いた。

一年五ヵ月も経ってから事件が発覚したのは、この死臭のせいであったらしい。たまたま立ち寄った警察官が、このあたりにはありえぬ硫黄臭に気付かなければ、被告人は今も三つの死体と暮らしていたかもしれなかった。

死体が腐ると、硫黄含有蛋白が分解されて、硫化水素が発生する。まさしく温泉の硫黄臭である。客は取らぬにしても、訪ねてくる人はいたはずである。よほど考えぬ限り、温泉宿に硫黄臭が立ちこめていても、奇異には思えない。長い間ことが露見しなかった第一の理由だろう、と監察医は言った。

館内は耐え難い暑さである。現場見取図のコピーを頼りに、新館へと向かった。汗を拭きながら歩むうちに、供述調書の朴訥《ぼくとつ》な文言《もんごん》が木崎の胸に甦った。

三年ほど前からは本館の客間は使われず、新館の眺めの良い何室かにお客さんを入れていました。それで事足りるからです。一人もお客さんのいない日の方が多かった位です。食事は必ず部屋に運ぶので、仲居さんは大変だったろうけれど、

酒井しげりさん

もその方が良いと言ったのでそうしました。

三月四日の午後六時十分頃に駅で引いたお客さんをお通ししたのは、

新館二階の二〇一号室

です。お名前は存じ上げません。

刑事が録取《ろくしゅ》する供述調書は、多分に都合よく誘導されるものだが、その文面から伝わっ

てくるのは、被疑者の誠実さだけだった。

酒井しげり、という女性は九泉閣に最後まで残った仲居である。いわばキーパーソンなのだが、事件発覚前に市内の病院で死亡していた。

遺族の証言によると、末期の肝臓癌であることを隠して、腹水が溜まるまで働いていたらしい。少くとも、昨年三月四日の時点では、九泉閣に原付バイクで通勤していた。

つまり、酒井しげりは事件の顛末《てんまつ》を知る唯一の人間だったことになる。あるいは、「顛末を知る」だけではなかったのかもしれない。しかし、それからほどなくして入院し、九月の初めに死亡した。

新館二階の二〇一号室。鍵はかかっていなかった。

ドアを開けると、硫黄臭が溢れ出た。思わず尻ごみをする木崎のかたわらをすり抜けて、記者が窓を開け放った。二人してバルコニーに出た。

「タバコ、喫いますよ」

「ああ、いいね」

木崎は喫わないが、この臭いがいくらかでも紛《まぎ》れるのならありがたかった。

海が立てかけられて見えるほどの眺望である。夏の午後の光が波頭を騒がせる遥か先に、島影が霞んでいた。

記者がせわしなく吹き出す煙を嗅ぎながら、木崎はしばらくぼんやりと海を眺めた。

新館の二〇一号室に行きましたのは、何の用事があったからではありません。

毎晩午前零時に夜回りをするのが私の仕事でした。特に配電盤は必ず蓋を開いて点検します。

午前零時十五分頃新館二階の配電盤を点検していたところ、
二〇一号室の方から大きな物音がしました。ドアのところまで行って耳を澄ませますと、どうも尋常ではない気がしましたので、ノックをして、声をおかけしました。すると物音はシンと静まりました。少し胸騒ぎがしまして、帳場に走って旦那さんにお知らせしましたら、

「そりゃ、ヤボというものだよ」

と笑われましたが、そう言いながらも二〇一号室に電話を入れたのです。やはり旦那さんも、胸騒ぎのようなものがしたのかもしれません。ところがお客さんが電話にお出にならないので、これはおかしいという話になり、

合鍵を持って二〇一号室に向かったのです。

午前零時二十分か二十五分だったと思います。私はもう、祈る気持でした。もし刃傷沙汰か心中でもあったなら、九泉閣はひとたまりもないからです。五十年以上も働かしていただいて、あげくに私がついていながら旦那さんを不幸な目にあわせたら、先代や先々代の旦那さんに冥土で合わす顔がありません。


木崎は海風を胸一杯に吸いこんで室内に戻った。

監察医の説明によると、男女の死因は窒息死である。ただし頸部の索溝《さくこう》から判断するに、男性は他殺、女性は自殺だった。つまり、泥酔した男の首を女が絞め、自分はドアのノブに紐を絡めて縊死《いし》した。

あれこれ考えればきりがないが、法医学的な所見ではそれが結論です、と監察医は言った。


旦那さんがドアをノックしても、まったく返事がないので、合鍵を使いました。私も旦那さんも声を揃えて、

「夜分ご無礼いたします」

というようなことを言ったと思います。

それで怒鳴り返されればけっこうだったのですが、そうはなりませんでした。ドアがとても重たくて、力ずくで引っ張ったら女のお客さんが、浴衣の紐を首に絡めたままズルズルと出て来たのです。こんなとき、ふつうならばほっぺたを叩くとか、人工呼吸をするのでしょうが、あまりにも突然だったので旦那さんも私も、ジッと立ちすくんでしまいました。もう死んでいると思ったし、これで九泉閣もおしまいだと思ったのです。

「救急車、救急車」

と旦那さんが言うので座敷に上がってみたら、蒲団の上にあおのけになって男のお客さんまで死んでいました。

「何やってんだよ、キーちゃん」

と旦那さんに怒鳴られても、もう腰が抜けてしまいまして声も出せませんでした。旦那さんは座敷の様子を見たなり、アアッと叫んで飛び出して行きました。それからどれくらい、ぼんやりしていたのかわかりません。十分や十五分ではなかったと思います。へたに動くと私の心臓まで止まってしまうような気がしたし、立とうにも這《は》おうにも力が入らなかったのです。三十分位はそうしていたと思います。どうしたわけかその間ずっと、繁盛していた頃の九泉閣のことばかり考えていました。明日は観光バスを仕立てた団体さんがお越しなのだから、このザマを何とかしなければならないなどと、ありもせぬことを考えていました。

「もういいでしょう、先生。たいがいにしましょうよ」

「そうだね。今さら何がわかるわけでもなし」

「でも、無駄じゃないですよ。弁護士がこれだけ熱心にやっているっていうのは、検事にも裁判官にもプレッシャーがかかります」

いや、もっと大切な事実を摑みかけているような気がする。それが何であるかは、あまりにも茫洋《ぼうよう》としているが。

「ここから夜の海を見たいな」

「冗談でしょ」

ドアのノブに手を添えて屈《かが》みこむと、ちょうど目の高さに海が見えた。

二〇一号室の悪臭を嗅いでいたせいか、本館に戻ると空気が澄んでいるような気がした。悲劇がそこで幕を下ろすならば、弁護士の出番はなかった。被告人が一年五ヵ月にわたってともに暮らした死体は、三つである。

本館から渡り廊下を抜けた先に、九つの湯を集めた湯屋があった。この宿の設計者は、どの座敷にも増して湯殿が主人公だと考えたのだろう。そしておそらく、風呂をすべて別棟に置けば、本館の木材は湿気から免れる。こうした先人の知恵に比べれば、コンクリート建築は明らかに退行していると思った。

渡り廊下は青葉にくるまれていた。源泉は鎖《とざ》されているはずだが、どこかから洩れてでもいるのか、湯煙が霧のように流れている。硫黄臭を含まぬ、上品で清冽《せいれつ》な湯の香も漂っていた。

男女の大浴場。露天風呂。岩風呂。趣向をこらした四つの家族風呂。どれも湯は抜かれているが、死に深くかかわりながら、死を感じさせなかった。

旦那さんの亡骸《なきがら》を梁《はり》から下ろしたことを、刑事さんも検事さんも罪だとおっしゃいますが、私にはどうにもそうとは思えません。それどころか、ともかく湯灌《ゆかん》をしてさしあげなければと思って、湯殿までどうにか曳いて行きました。お小さい時分から私が洗っていた体です。湯灌も私の仕事だと思っただけです。それで、また奥居《おくい》まで曳いて行って、床を取って、寝かしました。そのときふと思いついたのです。お客さんをあのままにしておくわけにはいきません。先代の旦那さんの口癖は、

家の者はあと、お客さんが先

というものでした。ですから朝夕の食事もお客さんのお膳を片付けたあとでしたし、湯をいただくのもお客さんが寝静まったあとでした。少し順序をまちがえたけれど、同じようにしてさしあげなければいけない、と思ったのです。新館のお客さんをひとりずつ曳いて行って、湯灌をして、また二階まで曳いて行くのは大変だから、大広間に襖《ふすま》を立てて床をとりました。すべてをすませましたころは、もう明るくなっていて、

たぶん朝の七時近く

だったろうと思います。やはり私には、そうした後始末が悪いことだとは思えません。どうしても思えません。警察に届けなかったわけは、九泉閣が極楽だからです。九泉閣の外はどこも地獄だからです。旦那さんはとてもかわいそうな人だし、亡くなったお客さん方もきっとかわいそうな人たちなのだから、できるだけ長く九泉閣にとどまっていただきたいと思いました。それを罪だというのは、閻魔《えんま》様のお裁きとしか思えません。

玄関から陽ざかりの曠れ庭に出て、木崎と記者は思いきり息を吐き出した。

そのとたん、まるで天の啓示のように、この事件に潜む大切な事実が木崎の上に降り落

ちてきた。

「やはり死体遺棄だね」

記者は煙草をくわえたまま、疑わしげな目を木崎に向けた。

起訴されてしまったからには、無罪判決はまずないと言っていい。そうとなれば、むしろ確実に執行猶予を取ることが定石である。前科はつくが、事実上の無罪放免と考えて納得するほかはない。

警察も検察も、この事件が温泉場にとっての致命傷となることを危惧した。この世にひとりしかいない事件の当事者が、マスコミの標的となることを惧《おそ》れて勾留《こうりゆう》し、強引に罪を被せて、いわば保護をしたにちがいない。身柄引受人もおらず、保釈金もない被告人が公判をおえて釈放されるころには、事件はニュースとしての鮮度を失っているだろう。

たぶん中《あた》りである。そしてその推理は、木崎にとっても喜ばしかった。法律がけっして白黒をつけるだけの、卑小なシステムであってはならない。

「汗をかいたね。どこかでひとっ風呂浴びていかないか」

とりあえずは、この熱心な新聞記者を説得しなければなるまい。

「ビール、おごらせて下さい」

そう言ったなり、記者は思いついたように踵《きびす》を返すと、九泉閣の玄関に正対して掌を合わせた。

ひとっ風呂浴びるのならば、幼なじみと通った街なかの共同浴場がいい。
顔を上げると、ふるさとの海がことさら眩《まぶ》しかった。

うきよご

1

骨まで濡れる雨の中を歩いた。

姉は和夫に傘をさしかけながら、雑木林の奥に見え隠れする灯に向かって白い溜息をついた。

「静かでええとこやんか」と、和夫は下見もせずに決めた下宿屋を弁護した。ほかに褒めようはない。今さら引き返せるわけもなし、ともかくこの環境に身丈を合わせていくほかはなかった。

「何だか和ちゃんを、森の中にほかすみたいや」

言葉が胸に刺さって、和夫は姉の手から荷物を奪い取った。不必要に思えるものを捨ててしまうと、十八年間の人生は二つの鞄に納まった。

「玄関まで送るわ。せめてご挨拶ぐらいせな」

「女人禁制のむさくるしい学生寮やで。かえって恥ずかしいやん」

「そやかて、和ちゃんをほかすみたいでかなんわ」

「もう、ここでええって。俺たちちっとも似てへん。きっと冷やかされるわ」

姉は口をつぐんでしまった。あわただしい一日の終りに、おたがい余分なことを言ってしまった。まかりまちがえば言葉が刃物に変わると、姉も和夫も知っていたのに。

傘の下から後ずさって、和夫は言い繕った。

「ねえちゃん、べっぴんやさけ恥ずかしいのんや」

雨空のまま昏《く》れてゆく木立ちを見上げた。冬枯れたままの森は軒にならず、むしろ雨粒を膨らませて学生服の肩を叩いた。

「うっとこの大家さんには事情を言うとくさかい、何かあったらいつでも電話しいや。何かなくてもときどきは連絡して」

二つちがいの姉を、和夫はよく知らない。だからよほど困っても、甘えはしないだろうと思う。

「俺のこと、誰にも言わんといて。おとうちゃんに訊かれても、よう知らへん言うてや」

姉は静かな怒りをこめて答えた。

「訊かれへんよ。しょもない人やし」

それならそれでいい。

「和ちゃんのおかあはんは心配してるやろから、電話くらいせなあかんで」

「心配なんかしてへんよ。しょもない人や」

おおきにもさいならも言えず、和夫は背を向けて歩き出した。姉の気配が雨音に紛れると、心が軽くなった。善意というものが、こんなに重いとは知らなかった。

悪い夢の中のように、下宿屋の灯はなかなか近付いてこなかった。野放図に積み重なる朽葉《くちば》のせいではなく、体が拒んでいた。

東京には思いのほか緑が多いと聞いていたが、渋谷からわずか二駅の場所に、こんな手つかずの雑木林があるのは意外だった。

振り返ると、木下道《このしたみち》に姉の姿はなかった。何ごともなく車の行きかうバス通りが、垣間見える異界の風景のようだった。水色の傘をさして、しょんぼりと停留所に佇む姿が心にうかんだ。

最寄りの駅は井の頭線の駒場東大前だが、バスのほうが便利だと不動産屋は言った。近いばかりではなく、「駒場尚友寮前」という停留所があるからだった。

便利も何も、もし電車を使っていたならなかなかたどり着けなかっただろう。まさか下宿屋が雑木林の中だなどとは、思ってもいなかった。

あれこれ想像するのは、もうやめようと和夫は思った。きょうという一日は、それくらい思いがけぬことばかりだった。

忠犬ハチ公の銅像の前で、姉と待ち合わせた。

和夫の目印は学生服と二つの鞄で、姉は電話口で少し考えてから、赤いベレー帽を冠《かぶ》っていく、と言った。文通相手でもあるまいに、そんな申し合わせをしなければならないくらい、二人は縁が薄かった。

和夫が先に姉を見つけた。人ごみの中に赤いベレー帽を見出しても、すぐにそうとはわからなかった。想像していた姉よりずっと小柄だった。

確かめようにも、呼び方を知らなかった。子供の時分に「アコちゃん」と呼んだ記憶はあるが、三年ぶりの再会にそれもあるまい。ましてや異なる苗字を、やすやすと口にできるわけはなかった。

渋谷駅の改札口からしばらく遠目に見ているうちに、ようやく姉だと確信した。姉が縮んだのではなく、三年の間に自分の背が伸びたのだった。

和夫が目の前に立っても、姉はきょとんとしていた。

「コンタクト代えたばかりで、よう見えへんねん。大きうなったねえ、わからへんかった」

言葉が耳にやさしかった。新幹線を降りてからずっと、とげとげしい東京弁が身に応《こた》えていた。

「びしょ濡れやんか」

そう言ってしまってから、姉が目印の赤を隠さぬために、雨傘を役立たずの阿弥陀《あみだ》にさしていたことを知った。

駅前の喫茶店で昼食をとった。おたがい言わなければならないことは山ほどあったが、順序がわからずに黙りこくっていた。

「京大でええやん」

姉はぽつりと言った。

「あかんて言われた。受けるのはおまえの勝手やけど、学費は出さへんて」

「東大の入試が中止やいうのんは、おとうちゃん知ってはるんやろね」

「そら知っとるわ。まさか二年連続で中止はないさかい、東京へ行って浪人せえて。予備校の学費と一年分の生活費は、ポンと投げてくれはった。おとうちゃん、さすがは大金持ちや」

姉は眉をひそめて、言葉を咽《のど》にからませるような咳払いをした。

「和ちゃん、何とも思わへんの」

「べつに。月々の仕送りより、まとめてもろうたほうがええやん」

「ほんまに、ポンと投げたんやろ」

「うん。銀行の封筒に入ったまんまやで」

「なあ、和ちゃん——」

テーブルに身を乗り出して何かを言いかけ、姉はナフキンを眶《まぶち》に当てた。

「目ェが痛《いと》てかなんわ」

和夫は雨の駅頭に視線をそらした。人が多いのは同じだが、東京にはすきまがないような気がした。

「あんた、厄介払いされたんやで」

そんなことはわかっている。言い返してはならないと、和夫は心に蓋を被《き》せた。

気まずい沈黙のあとで、姉は静かに訊ねた。

「もひとつ、ええやろか」

「ええよ。俺、まちがったことは何もしてへんし」

「和ちゃんのおかあはんは、どない思てはるのやろ。それを聞いとかんと、うちがおとうちゃんの片棒かついどるようやし」

嘘をついてはならない、と和夫は思った。姉が親身になってくれているのはたしかだった。たとえ父から言いつかったにせよ、姉は父の言いなりになっているわけではなかった。

つまり、和夫を厄介払いしようとする人々とは、人種がちがった。

「おかあちゃん、結婚するんや」

一瞬ぎょっと身を引いてから、姉は怒りを鎮めるように溜息をついた。

「何やの、それ」

「せやから、やっぱり京大に行かんと、無受験浪人して東大に行け、言われた。もしかしたら、おとうちゃんに相談しいはったのかもしれへんけどな。言うてることが同しやさかい」

「長いこと会《お》うてもいないはずやけど」

「そやかて、俺の身の振りようぐらいは相談するやろ」

理不尽な話を納得したのは、父と母が自分の未来を決めてくれたと思ったからだった。どこかでこっそり会ったのか、電話で話し合ったのかは知らないが、たとえその実が厄払いであろうと、両親の意思であることが嬉しかった。

「ええ人なんや。お店のお客さんで、俺もよう知っとるねん。おかあちゃんももう四十やさかい、人生をやり直す最後のチャンスかもしれへんやろ」

「ええ人やないよ。お人よしはあんたや。ええ人なら、和ちゃんの父親になって京大に行かせるやろ。ただのエゴイストやんか」

その通りだと思う。ふたたびガラス越しの見知らぬ街に目を向けて、ひとつだけ嘘をつこうと決めた。

「俺、東大に行きたいねん。おとうちゃんやおかあちゃんはどうだってええのんや。俺、前から東大に行こう思てた」

姉はしばらく考えてから、洟《はな》をすすって得心してくれた。

「あんたのこと、よう知らへんのに、あれこれ言うてかんにんえ」

嘘も方便だということはわかったが、舌には毒の苦さが残った。これでもう、自分はこの嘘を真実だと思い定めて生きてゆくほかはなくなったのだ。あらゆる悪意と不実を、嘘のオブラートにくるんで呑み下してしまった。

「ねえちゃん」

苦さを吐き棄てるように、和夫は初めて姉を呼んだ。え、と姉はほほえみ返してくれた。

「京都弁は笑われへんか」

腐った気分を変えるには、もってこいの話題だった。もちろん、和夫にとってもさしあたっての心配事である。

「あんなあ、和ちゃん」と言いかけて、姉は鮮かに言葉遣いを改めた。

「私もそれが怖かったんだけどね。標準語って、知らないわけじゃないから、すぐに慣れるものよ。イントネーションは残っちゃうけど、誰も笑ったりしないわよ。せやけど――和ちゃんと話してると、肩の力が抜けるわ。やっぱり、これがネイティブ・ランゲージなんやね」

それからの雨の午後は、下宿探しに費された。

渋谷駅の周辺は大学が多く、新学期を前にした転居の季節で空部屋はあったのだが、きょうから入りたいと言ったとたんに、不動産屋はみな胡乱《うろん》な目付きになった。

そうと聞けば和夫の風体は、家出少年に見えたのだろう。


雑木林が円く豁《ひら》けた広場に出た。ほとりには「駒場尚友寮」と書かれた看板があるにはあったが、立っているのがやっとの体《てい》で、形も文字も木々の色にすっかりなじんでしまっていた。

ともかくここがこれからの住いであるとわかって、和夫は胸を撫でおろした。当面の人生が定まったのだ。

それにしても、建物の姿がまた思いがけなかった。賄《まかない》下宿と呼ぶには大きすぎ、学生寮にしては古すぎた。

何よりも夕空に浮かぶ家屋の形が奇態なのである。瓦葺《かわらぶ》きの破風《はふ》屋根を載せた車寄せの玄関は、まるで武家屋敷の遺構だが、そのほかの部分はトタン屋根とベニヤ板を張りめぐらしたようで、建物としての統一感をまったく欠いていた。その場しのぎの増改築をくり返しているうちに、こんな姿になってしまった、というところだろうか。

旧制高校のころから続いている、由緒正しい学生下宿だと、不動産屋の店主は言っていた。それはたぶん、戦後の学制改革以前という意味ではなく、明治の昔から、という意味だったにちがいない。

もとは立派なお屋敷だったのだろうが、その後の安普請《やすぶしん》のおかげで厳《いかめ》しさはなく、むしろ古材を寄せ集めて素人がこしらえた、巨大なバラック小屋とでも言ったほうが中《あた》っていた。

「すんません」

玄関で人を呼んだ。ちょうど夕食の時間なのだろうか、廊下の先からはあわただしい気配が伝わってきた。

「すんませえん」

二度呼んで、ようやく割烹着《かっぽうぎ》がけのおばさんが、太柱の蔭から三角巾で髪を被《おお》った顔だけを覗かせた。

「ああ、新入りさん。寮長さんはご近所の寄り合いに行ってるから、そこいらでちょっと待ってて」

そこいら、という場所がどこかはよくわからないが、和夫は玄関の上がりかまちに腰をおろした。

無遠慮で独善的で、そのうえ性急な東京の気風を、たった一日で思い知らされた。なすがままになりたくはないが、そう思うそばから早瀬に押し流されてしまいそうな気がした。

和夫の到着を見届けたように、雑木林の空は急激に昏れた。いくらか傾いた破風屋根の庇《ひさし》からは雨が流れ落ちており、時代の遺物にちがいない曇りガラスの照明が、玄関の土間を薄ぼんやりと染めていた。

両側の棚には、下宿生たちの靴や下駄やバスケット・シューズが、それぞれは汚れていても整然と並んでいた。

持主はみな東大生なのだろう。今さら気後れして、ここのほかに身を寄せる場所がなかったのだろうかと、和夫は考えた。

「君たち、似とらんねえ」

不動産屋というより、周旋屋とでも呼んだほうがいい店主は、姉と和夫の顔をしげしげと見較べて言った。

土地の売り買いなどしたためしはあるまい。なにしろ足元の電気ストーブが危ういくらいの狭い店で、店主は今どき錨《いかり》のマークが付いた白い作業帽を冠っていた。敗戦から四半世紀も経つというのに、どうして臆面もなく帝国海軍を矜《ほこ》りにしているのだろう。

店主がどんな邪推をしたのかはわからない。だが、小さな雨傘を分け合って歩き回ってくれた姉の名誉のために、和夫は反論しなければならなかった。

「母親がちがうんです。せやけど、僕は認知されてますさかい、実の弟です」

机の下で、姉の足が和夫の靴を踏んだ。しょもないこと言わんとき、と心の声が聞こえた。

店主が失言を恥じたように見えた。

「ああ、さいですか。だったら、おねえさんと一緒に住むわけにはいかんねえ。アパートなら物件はいくらもあるんだが」

店主は布張りの厚い台帳に目を戻した。

入試の取りやめで新入生がいないのだから、空部屋はあるはずだと高を括っていた。だが問題はそれではなく、下見もせずに契約だけかわして、きょうのきょうから世話になる、という性急な要求にあった。

簡単な話だと思っていたのだが、店主と家主との電話のやりとりから察するに、やはり先方にも準備の必要があるらしい。

これまでに訪ねた不動産屋の多くは、和夫の要求を聞くなり話の先を進めなかった。台帳を検《あらた》めて何軒かに交渉してくれたのは、この海軍帽の店主が初めてだった。

「ロックアウトはもう解除されたでしょう。学生課で聞いたほうが早くはないかね」

黝《くろず》んだ太い指先で帳面をたどりながら店主が言った。

「いえ、まだ学生やないんです」

と答えてから、「まだ」は不遜《ふそん》な言い方だと思った。店主は顔を上げて苦笑した。

「すると、乱暴なやつらのおかげで、割を食っちまった口か。で、駒場の教養学部の近くに下宿住まいして、背水の陣を敷くと。うん、意気やよしだ。ゲバルト学生どもに聞かせてやりたいね」

触れ合う肩から、姉の苛立ちが伝わってきた。

「あの、ご面倒でしたらよそを当たります」

椅子を軋《きし》ませて立ち上がりかける姉の腕を、和夫は引き戻した。

きょうのきょうという条件に固執するのは、明日も姉を煩《わずら》わせたくないからだった。父から厄介払いされた弟を、たまたま東京の大学に通っているというだけの理由で引き受けようとする姉の善意が、重くてならなかった。

「まあ、お待ちなさい。よそを当たったってどうにかなるものじゃない」

権高《けんだか》に見えて実は情に厚いのか、それとも意固地《いこじ》になったのか、店主はもう物も言わずあちこちに電話をかけ始めた。

そうしてようやく探し出した下宿屋が、駒場尚友寮だった。


雑木林の小径《こみち》に電灯がともった。

子供のころ、上七軒《かみしちけん》の路地に立っていたような、アルミニウムの笠を着た白熱灯だった。光は降りしきる雨を縫針のように輝かせながら、朽葉の上にまん丸の輪を落としていた。

人影がその光の輪の中に映し出され、また闇に紛れ、また現れて近付いてきた。やがて玄関の軒下に立ったのは、恰幅《かっぷく》のよい初老の男だった。

どうしたわけか、今どき国民服を着ている。アルミニウムの街灯と同様に、子供の時分にはよく見かけた服装である。しかもごていねいなことには、カーキ色のくたびれた帽子を冠り、ズックの鞄を肩から斜めに掛けていた。

和夫は立ち上がって頭を下げた。この人が寮長と呼ばれる下宿屋の主人にちがいない。

玄関に入るなり「あらら」とお道化た声を上げて、寮長は和夫を見つめた。

「すっかり放念しとりました。やあ、待たせてすまなかったね」

寮長はゴム長靴を鳴らして近寄り、やにわに和夫を抱きしめた。雨を吸った国民服が気色悪かった。

無言の抱擁は長く続き、背中を寮生の笑い声が通り過ぎた。

「あの、傘はささへんのですか」

「いらん、いらん。余分なものはいらん」

ようやく体を離すと、今度は手を握られた。肉の厚い、大きな掌《てのひら》だった。

「松井和夫です。よろしくお願いします」

「はいはい、松井和夫君。名前も顔もハンサムだ」

丸いメガネの蝶番《ちょうつがい》に絆創膏《ばんそうこう》が巻かれていた。レンズが厚いせいで、表情はよくわからなかった。この人の上にだけ時間が止まっているか、さもなくば終戦も戦後の復興も信じないくらい、頑《かたく》なな信条の持ち主なのだろうか。

「急な話で、すんまへん」

言ってしまってから、「すんまへん」ではなく「申しわけありません」だなと考えた。

「なに、なに、ドタバタしてるのはこっちも同じだよ。卒業して出ていく、本郷のほうに引越す、それはけっこうなんだが、留置場に二人も入っているのはいただけない」

もしや寮長は、寄り合いなどではなく警察に行ってきたのではないかと、和夫は勘を働かせた。膨らんだズックの鞄の中身は、ゲバルト学生の洗濯物なのではなかろうか。

「まあ、天下国家を論ずるのは大切だが、あんまり乱暴なことはせんでくれよ」

「興味ありません。東大生やないんです」

え、と寮長が少し驚いたふうをしたので、「無受験浪人です」と付け足した。

不動産屋の店主が、和夫の身上まで説明した記憶はない。まさか東大生専用の下宿屋ではなかろうな、と和夫は疑った。

「あかんのですか」

「いや、かまわんよ。つまり、あいつらのおかげでひどい目をついたわけだな」

やはり寮長は、差し入れに行ってきたのだろうと思った。だが、こんなことになったのは彼らのせいではない。

「いやあ、君はなかなか骨のある男だね。東大の入試とりやめで京大に鞍替えした学生はいくらもおるだろうが、東京に出てまで浪人しようというのは大した覚悟だ。もしや、お里は京都じゃないのか」

はい、と和夫は答えた。寮長の饒舌のおかげで嘘をつかずにすんだことはありがたかった。


「ねえちゃん、彼氏いてるの？」

バスを待つ間に、あれこれと質問をした。物心ついてから数えるほどしか会っていない姉のことを、少しでも知っておきたかった。

蹴上《けあげ》のホテルのロビーで札束の入った封筒を投げたあと、父は「昭子」と書いた紙切れをテーブルの上に置いた。ひどい右上がりの癖字で、住所と呼び出しの電話番号が書き殴ってあった。

隆行と秀子はよう知らんやろけど、アコとは仲良うしとったやろ。おまえのおかあちゃんも、アコをかわいがっとったしな。あれはしっかり者やさかい、頼りになるで。

父がそう言うほど、姉と親しいわけではなかった。ほんの幼いころ、父に手を引かれて上七軒の長屋を訪ねてきたことがいくどか、最後に会ったのは、東京の大学に行くことになったという話を、寺町通の喫茶店で聞いたときだった。

「何や、いきなり。彼氏ぐらいいてるわ」

「同じ大学の人？」

「そうや。えげつないこと聞かんといて。プライバシーやで」

バスを待つ人に振り返られて、姉は言葉を改めた。

「齢は同じなんだけど、あっちは一浪してるから一学年下なの」

「ええやないの、べつに」

「それがですねえ。三年生と二年生はキャンパスが分かれるのよ。三田と日吉」

「遠いのんか。本郷と駒場みたいに」

「まあ、そんなものかしらね」

「ピンチやなあ」

たった一日で、東京の途方もない広さを思い知った。地図を拡げても京都の数倍はあるし、交通機関の複雑さといったら較べようもない。しかも、むやみに坂が多かった。

「その人と、結婚するのんか」

姉は呆れ顔をした。

「プライバシーの侵害やろか」

「そうじゃないわよ。恋愛すなわち結婚というのはナンセンス」

「うわ、ウーマン・リブの闘士みたいやな」

「いよいよ、ナンセンス」

せっかく見出した安全な話題は、封じられてしまった。だが、姉の生活の最も肝心な部分は知ることができた。

「お金、持ち歩いちゃだめよ」

「うん、わかってる。あした銀行に預けるわ。俺の懐具合は心配せえへんでええよ。おとうちゃん、ちんと計算してくれはったし、おかあちゃんからも和泉さんからもようけ餞別《せんべつ》もろた」

「イズミさんて?」

「おかあちゃんのフィアンセや」

姉は水色の傘をかしげて、ネオンサインの灯《と》もり始めた雨空を見上げた。

「なあ、和ちゃん――」

「何ね」

「いっぺんこっきり、きついこと言うとくけど、怒らんといて」

和夫も空を見上げた。渋谷は谷底の町だった。

「うっとこの家族はな、あんたのおかあちゃんのことを、むしろひきさん、言うてた」

「何や、それ」

「お妾《めかけ》さんのことや。上七軒のむしろひきさんて、茶化すみたいに言うてた」

姉にはふるさとの言葉が似合う、と和夫は思った。

「ほんで、あんたのことは、うきよごの和夫や」

それが私生児の隠語であることは知っている。むろん、面と向かってそう言われたのは初めてだった。

「せやけど、うちは口がさけてもそないなこと言わへんえ。あんたのおかあちゃんは、上七軒のおばちゃんやし、あんたは血を分けた弟や。そやから、みんなみたいにあんたをほかすよなまねはようできひん。おとうちゃんやおばちゃんや、その何とかはんという人から貰《もろ》たお金は、手切金やさかい恩に着る必要はないえ。ゆくゆく、誰も面倒見る必要もないえ。自分のためだけにせいだい勉強しいや。以上、二度は言わへん。きついこと言うてかんにんえ」

姉はしばらく口を引き結んでいたが、やがて雨傘を和夫に押しつけて、顔を被ってしまった。

「泣くことないやろ。はたから見たら、まるで別れ話やないか」

「予行演習や。恋愛と結婚はべつやし」

小さな姉の姿を、彩《あや》かなネオンが染め変えてゆく。このまま絵のように時が止まってくれまいかと、和夫は思った。

いったいどういう構造になっているのか、尚友寮の廊下は迷路のように入り組んでいた。

「空部屋はいくつもあるが、選んでいただくほど用意がない。とりあえずここでいいかね」

寮長が建て付けの悪い引戸を力ずくに開けると、黴《かび》臭い湿気が溢れ出た。歪んだガラス窓には雑木林が迫っていて、昼間から裸電球を灯もさなければなるまいと思えた。

「電気代は部屋ごとでしょうか」

「寮費に含まれているから心配せんでいい」

「ほしたら、とりあえずやのうて、ここでええです」

何はさておき、六畳の広さが気に入った。生まれ育った上七軒の町家は、母の営む小料理屋の二階で、四畳半の二間を唐紙で仕切っていた。

「僕ひとりで使《つこ》てええのですか」

空間が贅沢に思えて、和夫は訊ねた。

「下宿屋は相部屋が当たり前だが、うちは一人一部屋と決めている。おかげでつぎはぎだらけの、妙ちくりんな建物になってしまったがね。やはり学問をするには、ひとりじゃなけりゃいけません」

寮長は肥えた短躯に不似合いな、低く静かな声で続けた。

終戦直後には軍隊から復員した学生が大勢いたうえ、陸軍士官学校や海軍兵学校から、旧制一高に入り直した者もあったそうだ。

「軍隊の物相飯《もっそうめし》を食ってきた連中だから、みんな荒れておってね。相部屋なんて、とてもとても」

奇態な増築は、どうやら勉強に身を入れさせるためというより、悶着を避けるため、という理由であったらしい。

「ところで、松井君。荷物はこれからだね」

「いえ、これだけです」

寮長は厚いメガネに裸電球の光をたたえたまま、「ああ、そうかね」とだけ言った。

「必要なものは、あした買いに行きますよって。あの俺、家出少年やないさかい」

言いわけを封じるように、寮長が和夫の肩を抱き寄せた。

「落ち着きたまえ」

自分はよほどうろたえて見えるのだろうか。それとも、この部屋に落ち着けという意味なのだろうか。どちらとも判断しかねるうちに、寮長は和夫の学生服の背中を揉みしだいて立ち去ってしまった。

六畳間が心もとないほど広く感じられた。しばらくの間、和夫は膝を抱えて雨音を聴いた。

物言いや物腰が親密であったわりには、肝心な説明が何もなかった。規則や心得はどこにも見当たらず、もたれかかる壁の頭の高さに、帯を渡したような脂染みが繞《めぐ》っているだけだった。

寮生たちはみな分別のある東大生なのだから、生活は良識に委《ゆだ》ねられているのだろう。

「松井君、松井君」

引戸の外から名を呼ばれた。返事をする間もなく、敷蒲団と毛布を抱えた男が転げこんできた。

「枕はともかく、掛蒲団がないとまだ寒いよなあ」

「かまへんです。貸してくれはるんですか」

「俺のじゃないよ。寮長さんが持ってけって」

和夫は黙って頭を下げた。生まれつき感謝の言葉は苦手だった。

「ここは賄いのおばちゃんたちと寮長さんだけで、男手が足りないからな。ぼうっとしてると用事を言いつけられる。コンサイスか豆単《まめたん》を持っているとお守りになるんだけど、今はうっかり忘れてた」

目鼻立ちの整った浅黒い顔に、黒縁《くろぶち》のメガネをかけた寮生だった。言いつかった仕事に不満があるふうもなく、珍しい動物でも観察するような視線が無遠慮だった。

「荷物はこれだけかよ」

「送るより買《こ》うたほうがええ思て」

「へえ。いいとこの子なんだ」

とんだ誤解だが、鞄の中に大金が入っているのはたしかだった。「いいとこの子」と「うきよご」が、他人から同じように見えるというのは、自分にとってとても都合のよいことに思えた。

「先輩は東大生ですやろか」

「隣の部屋の服部《はっとり》。あのな、松井君よ。蒲団運びを命じられたのは、コンサイスを持たずに廊下を歩いていたからじゃないんだ」

それから服部と名乗った無遠慮な学生は、いきなり毒を吐き始めた。

群馬の名門県立高校ではトップクラスの成績だった。現役受験は去年である。東京の大手予備校が前年の秋に主催した全国模試は、「トウキョウダイガク・ブンカⅢルイ・ゴウカクホショウ」という結果だった。

あらかじめ志望校を提示したうえで受験するのだから、大規模な模試ほど正確な予測がつくはずなのだが、わずか三ヵ月後の本番はなぜかその通りにならない、と言われている。「ゴウカクホショウ」の優等生が一次試験であえなく落ちたり、「ドリョクヲヨウス」や「シボウコウヘンコウ」などという無残な判定の出た者が、あっさりと合格する例も多いという。

しかし、周囲の期待を一身に集め、なおかつ模試の結果を鵜呑《うの》みにした服部は、あろうことか郷里から六人の胴上げ要員を引き連れて、意気揚々と合格発表に臨んだ。

「答案がどうだったかは、自分自身でわかるんとちゃいますか」

「いや、だからさあ。まちがいないと思ったんだよ。模範解答と突き合わせても、落ちるはずはないって」

「そやけど、英語や国語は突き合わせしてもはっきりとはせえへんでしょう」

「でも、ほら。だいたいの手応えっていうのは、わかるじゃないか」

「胴上げ要員いうのんは、ちょっと早計やなかったですか」

駒場キャンパスの掲示板に番号がないとわかったとたん、胴上げ要員の級友たちは慰めの言葉のひとつすらなく姿を消してしまった。服部は目前の現実が信じられずに、日の傾くまで並木道のベンチに腰を下ろして呆然《ぼうぜん》としていた。それからどうやって郷里に帰ったものか、記憶がない。

「早稲田の文学部は受かってたが、ショックが大きすぎて行く気になれなかった」

「今さら言うのも何ですけど、もったいなかった気もします」

「そりゃあ君、まさか翌年の入試がとりやめになるなんて思わないものな。忘れもしないよ。去年の十二月二十九日、テレビのニュースで総長代行の記者会見を見たときは、目の前がまっくらになった」

その日はやはり現実が信じられずに、日の昏れるまで利根川のほとりで呆然としていた。

それからどうやって家に帰ったものか、記憶がない。

「早稲田は受け直さへんかったんですか」

「あのな、松井君よ。自己評価の甘さに糅《か》てて加えて、運のなさまで認めることができると思うか」

そうしたわけで、服部は二浪の肚をくくり、年が明けると早々にこの駒場尚友寮の寮生となった。

背水の陣というより、よほど来年の入試には自信があるのだろうが、いきさつを聞けば何とはなしにそれも殆《あやう》い気がした。

「あの、服部さん。ほかの大学はともかくとして、東大の来年の受験者数は、確実に倍になる思いますけど」

服部はふんと鼻で嗤《わら》って、和夫を見くだした。

「競争率と難易度は関係ないだろ。要は実力ですよ、松井君。まあ、そんなわけだから、同じ無受験浪人のよしみで、君の面倒を見るよう寮長から言いつかった。よろしくな」

たったひとつちがいなのに、服部は三つ四つも齢上に見えた。

「ほしたら、ライバルですね」

そう軽口を叩くと、服部はいかにも歯牙《しが》にもかけぬというふうな、なめくさった笑い方をした。

ふいに、雨音の隙を縫って華やかな音楽が聞こえてきた。服部が天井を見上げた。

「ここは筒抜けだなあ。気になるだろう」

「いえ、勉強するときはいつもレコードかけるか、ラジオ聞いてますさかい」

鞄の中に入れてきたのは、トランジスタ・ラジオだけだった。おかあちゃんも和泉さんも音楽を聴く趣味はないから、ステレオはほかしてしまうやろ、と思った。小遣を貯めて買ったカラヤン全集は、きっといい値段で売れると思う。

「クラシックばかりだから、そう耳障りでもないんだがな」

「中学も高校もブラバンやったさかい、クラシックは好きです」

「それならいいけど。二階の東郷さんに文句をつける人はいないんだ」

「東郷さん、言わはるんですか」

「うん。僕もよくは知らないんだが、とてつもない秀才らしい。わからないことは何でも東郷さんに聞けばいいんだと。学部や学科にかかわりなくって、そんなのありかね」

メンデルスゾーンを聴きながら不運な浪人生と向き合っているうちに、心が落ち着いてきた。京都での暮らしが、すべて前生《ぜんしょう》の記憶のように遠ざかっていくような気がした。

ふと、「うきよご」を漢字で書けば、「浮世児」か「憂世児」なのだろうと和夫は思った。いずれにせよ、平仮名で書いたり耳で聞いたりするよりは、ずっとましだった。

2

病院の廊下は暗鬱だった。

こんな場所で一時間も待たされたなら、健康な人間でもどうかなってしまうだろう。くろぐろと時代を経た腰壁の上に、象牙色の漆喰《しっくい》がのしかかっている。アーチ形の天井からは、優雅なグローブにくるまれた電灯が吊り下がっていた。

昼ひなかからそれが灯もされているのは、中庭に向いた窓が狭間《はざま》のように小さいからだった。しかも、牢獄を思わせる高さだった。

グローブの灯は涯《は》てもない廊下を一直線に貫いていて、高窓からの採光がその間隙《かんげき》を斜めに切っていた。それでも、廊下に並んだ革の長椅子のまわりは、不安になるほどほの暗かった。

病院の建物が総じて権威的であるのは、患者に医師を信頼させ、身を委ねさせるためだと聞いたことがある。だが、ほかの診療科目ならともかく、精神科の病棟にこの暗鬱さはいただけない。

もしや手の届かぬ小さな窓は、五階の高みから患者が飛び降りぬためではないかと思うと、背筋がうそ寒くなった。

梅雨に入ったのであろうか、このところ干ぬ間もなく雨が降り続いている。

「精神科なんぞ、やっぱり大げさちゃうやろか」

診察を待つ患者の手前、姉は会話を憚って文庫本を読み始めていた。メガネをかけているのは、コンタクト・レンズを入れる間もなく下宿を駆け出てきたのだろう。

「大げさやのうて、大ごとやないの」

書物から目を上げず、独りごつように姉は呟いた。

「なに読んでるねん」

「サルトルや。ジャン・ポール・サルトル」

「それ、どんなん」

「実存主義。ようわからへんけど、みんなが読んどるよってな」

「ブームやね。俺も読んだろかな」

「あんたは勉強せなあかん。大学に入ったらヒマやさかい、なんぼでも読めるわ」

たぶん姉の目は、活字の上を滑っているだけなのだろう。どうして電話などしてしまったのかと、和夫は今さら悔いた。

環境のせいではない。ずっと自分をがんじがらめにしてきたしがらみを、駒場尚友寮は魔法のように解き放ってくれた。

寮生たちはみな、駒場の教養学部か本郷の専門学部に通う東大生で、和夫と服部に対してはきっぱりと戸を閉《た》てているふうがあった。

その服部にしても、コンプレックスの塊だから、ことさら和夫と親しもうとはしなかった。必要な品物を買い揃える店と、渋谷界隈の大書店に案内してくれただけである。いったいどういう伝《つて》で知ったものか、渋谷の隣り町の恵比寿というところに駐留米軍の放出品を扱う家具屋があり、机と本棚と簞笥《たんす》を配送付きで買うこともできた。

「予備校はどうなん」

サルトルを見つめたまま、姉が訊ねた。

「べつに。まさか予備校に入学試験があるとは思わへんかったけどな」

「ついて行けへんのとちゃうか」

居並ぶ患者たちが、物珍しげに二人を見つめているような気がしてならなかった。視線は向けていなくても、関西弁に聞き耳を立てているように思えた。

和夫は小声で抗《あらが》った。

「あのな、ねえちゃん。おうちの人はみな俺のことよう知らんやろし、ほら吹きかええかっこしいや思てはるのやろけど、俺な、今まで誰にも負けへんかったで」

怒りに任せて言ってしまってから、こないなことを言うのがええかっこしいや、と和夫は思った。

「そやから——妙な心配せんといて」

「かんにんえ。和ちゃんの成績がええのはみんなが知っとるけど、信じてへんのはたしかや」

「うきよごが京大に行ったら、にいちゃんの立つ瀬がないからやろ。ほいで、行けるもんなら浪人して東大へ行ってみィて――」

殺生《せっしょう》な話やと言い切る前に、声が裏返ってしまった。

予備校で何があったわけではない。ただ、けさに限って井の頭線の満員電車に揺られているうちに、どうしようもない不安にかられた。押し合う人々がみな、自分を睨みつけているような気がしたのだ。

渋谷駅の乗り換えでは、人の波についていくことができず、とうとう山手線の改札口の前で立ちすくんでしまった。しばらくの間はまるで地面に根を下ろしたように、一歩も動けなかった。不安は恐怖に変わった。こうしているうちに、スニーカーの爪先から少しずつ消えて行ってしまうのではないかと思った。

人ごみに揉まれながら、どうにか売店の脇の赤電話までたどり着き、姉の下宿に電話をかけた。

田中昭子さんいてますか、弟ですけど。

大声で姉の名が呼ばれ、何か勘が働いたのだろうか、階段をあわただしく駆け下りる足音が伝わってきた。

呼吸がうまくできない、足も動かない、と訴えた。姉が駆けつけてくるまで、和夫はガラスのブロックを塡《う》めたターミナルの壁にもたれて、存在がかき消えてしまいそうな孤独にじっと耐えていた。

東郷さんのせいやない、と自分に言い聞かせた。天井から降り落ちてくる音楽は、和夫を慰めこそすれ、けっして苦にはならなかった。むしろ深夜の十二時きっかりにレコードの針が上がると、その後のしじまが眠りをさまたげるのだった。

姉の薄い胸に抱き止められるまで、そのことばかりを考えていたのはなぜだろうか。

「命にかかわる病状だとは思えませんが、ほとんどの精神疾患は睡眠障害を伴いますから、油断はできません」

糊のきいた医師の白衣が、うとましくてならなかった。建物の体裁と同様に、患者を屈伏させようとする権威性を感じるからだった。

教授だの助教授だのという、特別な医師であるらしい。診察室の壁には何人もの研修医が、ノートを開いて並んでいた。

医師の質問は執拗だった。現在の環境については和夫が答えたが、複雑な家庭事情に及ぶと、姉が回答を代わってくれた。

情動のかけらもなく、自分の人生がカルテに書き殴られてゆく。標本にされているのだと和夫は思った。

「生まれ育ちは関係ないんとちゃいますか」

つい声をあらげてしまった。医師が少し驚いた表情を見せたのは、和夫の抗議に怯《ひる》んだからではなく、それも病状だと思ったからなのだろう。

そもそも和夫は、姉に言われるままタクシーに乗り、大学病院の精神科に連れこまれたことが不満でならなかった。予備校を一日だけ休み、薬局で睡眠薬を買えばすむ話だと言っても、姉は聞こうとしなかった。

「いや、生育環境というのは、大切だよ」

医師が静かな声で言った。

「ほしたら、ええとこの子ォは誰も頭がおかしくならへんのですか。夜もよう眠れへん浪人生より、ゲバ棒振るうてる大学生のほうが、よっぽど頭がいかれてる思います。安田講堂の下には、おめかししたキャラメル・ママが、泣いて心配してました。そないなええとこの子ォが、大学にバリケード張りましてん。あいつらは逮捕するんやのうて、入院させなあかんのとちゃいますか」

姉が和夫の腕を抱き寄せ、研修医が両肩に手を置いた。それでも和夫には、この怒りが病気のしわざであるとは思えなかった。

「詳しいことはよう知りまへんけど、東大闘争の発端は医学部のストライキや聞いてます。

インターン制度がどうこうなぞ、ええとこの子ォのわがままとしか思えません。どのみちたいそうな給料を貰えるのやから、年季奉公ぐらい当たり前やないですか。そないなやつらのせいで、どうして僕が病人あつかいされなならんのか、ようわかりません。苦労話なども聞かんと、睡眠薬ください。俺、病気やないです」

医師は腕組みをして和夫の表情を窺っていた。

「君の言うことはもっとも至極です。しかしね、病気かどうかは医師が判断することですよ」

声音《こわね》は物静かで、聞き取りづらいほど小さかった。精神科の医者はそういう話し方をするのだろうか。

「睡眠不足で疲れているようだから、ビタミン剤を射っておきましょう。あとは脳波を取って、睡眠薬も処方します」

「痛いことないですやろか」

研修医たちから失笑が洩れた。インターン制度は東大も私学も同じだろうから、自分は当事者たちの前で毒づいたのだと気付いた。

ベッドに身を横たえ、研修医たちを見渡しながら、「生意気言うて、すんません」と和夫は詫びた。

「注射はチクッとしますけど、脳波は痛くも何ともありません」

看護婦がやはり気に障らない穏やかな声で言った。手にした注射が、ビタミン剤などではなく、鎮静剤であることはわかっていた。

「君は、医学部志望なのかね」

医者がスチール椅子をすべらせて、和夫の脈を取りながら訊ねた。

「いえ、文系です」

「今から進路を考え直したらどうだ。受験科目もそうは変わらんだろう」

数ⅡBに数Ⅲを加え、世界史を物理か化学に変更すればいい。できないことではない、と思うそばから体が温かくなってきた。

「それじゃ、脳波を取りましょうね」

看護婦に手を引かれて、ガラス窓を隔てた暗室に入った。ベッドは黒く、冷たかった。

「眠ってもええですか」

「少しの間だけど、構いませんよ」

頭髪を分けて、たくさんの電極が貼りつけられていく。ふと、新京極の映画館で観た洋画の、死刑執行のシーンを思い出して心細くなった。

灰色に紗《しゃ》のかかった大きなガラス窓の向こう側に、姉がぽつねんと座っていた。

「先生は命にかかわらへん、言うてましたけど、自殺の怖れはないいうことですか」

「私にはわからないわ」

電極を貼り続ける看護婦が、いよいよ死刑執行人のように思えて、和夫は懇願した。

「姉を、ここに呼んで下さい」

「先生に訊いてみますね」

死刑は妄想にちがいないのだが、ひとりぼっちで死にたくはないと思ったのだった。そしてそう思ったとたん、実は誰からも愛されることなく、ひとりぼっちで生きてきたのだと知った。うきよごとは、そういうものなのだ。

急激に睡気《ねむけ》がさしてきた。まどろんでいる間に、姉の気配が伝わった。頬に掌《てのひら》を当てられたとき、苗字はちがうし顔も似てへんけど、ねえちゃんは俺に似ていると思った。この世でたったひとり、俺にそっくりの人や、と。

「朝っぱらからけったいな電話して、大家さんに叱られへんかったかな」

「そないな心配せんとき。どうしてもっと早《はよ》うに連絡してくれなかったんや」

「厄体《やくたい》や」

「迷惑なわけないやろ」

姉に電話をしてしまった本当の理由を、和夫は言わねばならなかった。

「きょうばかりは、山手線のホームに立つのが怖くてかなんかった。改札口で足がすくんでもうた」

まるで命を繋ぎ留めるかのように、姉は和夫の手を握りしめた。

眠りの淵に踏みこたえながら、和夫は唇だけでようやく呟いた。

「東郷さんのせいやないで」

「誰やね、東郷さんて」

いまだに顔を合わせたためしもないのだが、夜ごと天井から降り落ちてくる曲は、どれもリクエストに応じているとしか思えぬくらい、和夫の趣味に適《かな》っていた。

「なあ、誰ね、東郷さんて」

「天の神様みたいな人や」

「神様て、あんたまさか、けったいな宗教にかぶれとるんとちゃうやろね」

「きっと、俺の神様やて」

いったい何をしゃべっているのだろうと思うそばから、闇が純白の繭《まゆ》に変わって和夫の体をくるみこんだ。

3

梅雨晴れの日曜に湿った蒲団を干した。

使われぬまま赤錆《あかさ》びた鉄棒が雑木林の中にぽつねんと立っていて、木洩《こも》れ陽《び》が斑《まだら》に落ちていた。その足元には一面に夏草が生い茂っているから、ここちよく乾くとは思えなかったが、窓に干すよりはましにちがいなかった。

死人のように重い蒲団を非常口から担ぎ出した。その薄っぺらなベニヤ板のドアは「非常口」と書いてはあるが、もっぱら午後十一時の門限を切った寮生の出入口として使われている。非常の時刻に使われるのだから非常口である。そしてこの鍵のかからぬドアがある限り、門限はないも同じだった。

和夫の部屋は尚友寮の北の端で、引戸を開けるとすぐ右側にこの非常口があった。玄関から長い廊下を歩いて先輩たちと余分な挨拶をかわすより、雑木林をぐるりと巡《めぐ》ってここから出入りするほうがよかったから、和夫にとっては非常口ではなく日常の玄関だった。

尚友寮は日を追うごとに活気づいていた。本郷も駒場もロックアウトが解除され、授業があらまし再開されたからだった。

バリケードの中に寝泊まりしていた学生は居場所がなくなり、留置場に入っていた闘士たちも釈放され、郷里に帰っていたノンポリも戻ってきた。ふしぎなことに、平和な時間の中の彼らは見分けがつかぬくらい一様だった。揃いも揃った長髪で、瘦せこけていて、黒縁のメガネをかけた人畜無害の青年たちだった。

彼らには取り立てて思想や主張があったわけではない、と和夫は知った。昭和四十三年という年、いや正確には四十四年の入試中止までの一年度が、原因不明の、わけのわからぬ熱病に冒されていたのだ。

のどかな日曜日だった。太陽と閑暇を取り戻した寮生たちは、大方が外出しているらしく、尚友寮を繞《めぐ》る森は鳥の囀《さえず》りに満ちていた。

鉄棒に敷蒲団を干し、枯枝で埃《ほこり》をはたくと、少しも汚くはない無数の妖精たちが、木洩れ陽の中にきらきらと舞い上がった。そのさまが面白くて、和夫は鉄棒の前になり後ろになりして蒲団を叩き続けた。

迷惑げな咳払いがひとつ。

手を止めてあたりを見回すと、二階の窓にレースのカーテンが翻っていた。文机《ふづくえ》に向き合っているらしい寮生の横顔が見え隠れした。

東郷さんだ。かれこれ三ヵ月も、夜ごとモーツァルトやメンデルスゾーンを聴かせてもらっているが、姿を見かけたのは初めてだった。いや、たぶん食堂や廊下で出会っているはずだが、寮生の数が多過ぎて、いったいどれが東郷さんなのかわからないのだ。みながみな、まるで判で捺《お》したように、長髪で、痩せこけていて、黒縁のメガネをかけている。

「じゃかましゅうて、すんません」と言ってしまってから、「うるさかったですか」と言い直した。

――いや、やかましくはない。

森に谺《こだま》するような声が返ってきた。そう聞こえたのは、語尾の「ない」が和夫と同じ尻上がりになったせいだった。関西の人なのだろうか。

東郷さんはもういちど咳払いをし、洟をかんだ。どうやら夏風邪でもひいているらしい。

——そっちこそ、毎晩うるさくないかな。

外を見やるでもなく、相変わらず机に向いた頭だけを窓から覗かせて、東郷さんは訊ねた。まるで恋人と言葉をかわしたように、和夫の胸は高鳴った。

「中学も高校もブラバンやったさかい、シンフォニーは好きです。ただで聴かせてもろてます」

——パートは、何をやってたんだね。

「トロンボーンです」

——ブラスの華《はな》だな。

「あの、東大にもブラバンはありますやろか」

少し考える間があって、やはり静かに訝するような声が返ってきた。

——さて、どうだったかな。オーケストラはあるから、そっちにすればいい。

口ぶりからすると、東郷さんは和夫が無受験浪人生であることを知っているように思えた。きっと寮生たちの噂になっているのだろう。

「モーツァルトに金管の出番はありません」

——メンデルスゾーンならいい。マーラーも。

「マーラーはよう知らへんのです」

——ごちそうだよ。今晩、聴かせてやろう。

いくらか面倒くさそうに東郷さんは言った。むろん部屋に招かれたわけではなく、レコードかテープをかけるから勝手に聴け、という意味にちがいなかった。

凪が凪いで、東郷さんの横顔はカーテン越しのシルエットになってしまっていた。窓辺の文机に向かって難しい書物でも読んでいるのだろうか。ときどき長い指が俯《うつむ》いた髪を梳《す》いた。

とてつもない秀才らしいと、隣室の服部が言っていた。学部や学科にかかわりなく、答えられぬ問題はないのだそうだ。話は大げさにしても、寮生たちが「東郷さん」と呼んで敬意を払っているからには、大学生ではなくて、教官か院生なのかもしれない。

試してみよう、と和夫は思った。

「あの、ひとつ質問してええですか」

——どうぞ。

声を聞き洩らさぬよう、窓辺に近付いて二階を見上げた。シルエットも見えなくなったが、辞書か書物のページを繰る音までが耳に届いた。

「駒場尚友寮の、尚友いう言葉の意味を教《おせ》て下さい」

実はその解答を知っている。高校の漢文の教師が「尚友《ひさとも》」という名前で、朱熹《しゅき》の詩文から親が名付けたのだと自慢していた。駒場尚友寮の朽ちかけた看板を目にしたとき、まずまっさきにそのことを思い出したのである。

——やれやれ、じゃまくさいやっちゃ。

唐突に京都弁が降り落ちてきた。「邪魔」というより、「面倒くさい」というほどのニュアンスで、これはまず東京では通じまい。

どすん、と寝転ぶ気配がした。両手を頭のうしろに組んで、苛立ちながら天井を見つめる姿が目にうかんだ。

——ええか、少年。

考えるほどもなく、東郷さんは朗々と詩でも吟ずるように言った。

——天下の善士は、ここに天下の善士を友とす。天下の善士を友とするを以《もっ》て未《いま》だ足らずとなさば、また古《いにしえ》の人を尚論《しょうろん》す。その詩を頌《しょう》し、その書を読むも、その人を知らずして可ならんや。ここを以てその世を論ずるなり。これ尚友なり。——要するに、書物を読んで昔の偉い人を友とする、ということだよ。出典は孟子。

浪人生を馬鹿にして、いいかげんなことを言っているのかと和夫は疑った。

「朱熹やないのですか」

思わずそう言い返すと、いかにもうんざりとしたような間《ま》があって、タバコの煙が窓から流れ出た。

——じゃまくさいやっちゃ。知ってて聞いとるのんか。

たぶん腹を立てたのだと思う。だが東郷さんは言葉遣いを改めて、解説を加えてくれた。

——尚《はる》かに千載《せんざい》の前の人を友とす。朱子はたしかに、陶潜をたたえた詩文にそう詠んでいるがね。孟子より千年以上ものちの人なのだから、まさかそっちが出典とは言えまい。知ったかぶりをしたのはここの寮生かね。しょもないやっちゃなあ。

「あの、もうええです。東郷さんは漢文が専門ですやろか」

——ちがいますよ。

お見それしました、と心の中で呟いて和夫は頭を下げた。そんなしぐさは自分に似合わない。しかも、顔すら見えぬ人なのに。

——せいだい勉強しいや。

やさしい言葉をかけたなり、東郷さんは眠ってしまったらしい。

和夫は雑木林の葉叢《はむら》を見上げた。風が渡るたびに、赫《かが》かしい夏の光が瞳を刺した。

「へえ。考える間もなく、その孟子とやらの一節をぺらぺらと、か。いくら何でも信じられないなあ」

熱い湯に浸《つか》りながら服部はしきりに感心した。黒縁のメガネをはずすと、あんがい気の弱そうな、のっぺりとした顔になる。去年の不合格と、今年の入試中止という二度の災厄《さいやく》に見舞われた落胆が、そのまま彫琢《ちょうたく》されてしまったようにも見えた。

「とっさに調べたんじゃないのか。辞書を引くのが早いやつっているよ」

「いや、即答やったね。それに、辞書にはあない長文は載ってへんやろ」

「てことは、漢籍を丸暗記してるのか。信じられない」

「それはありえへん。可能性としてはやね、尚友寮の名前の由来を調べてあったいうことや。にしても、長文を暗記してはったのはすごいけど」

「ああ、なるほど。しかも適当に、それらしく答えたとすれば考えられなくもない」

銭湯は尚友寮と駒場キャンパスを隔てる、谷地《やち》の商店街にあった。

寮には風呂がない。日曜祝日には朝夕の食事も出ないから、服部と誘い合って銭湯に行き、帰りがけに商店街で食事をするのがならわしになっていた。

驚いたのは湯の熱さだった。しかし勝手に水でうめて常連客に叱られて以来、唸り声を上げながらどうにか浸っているうち、このごろではすっかり体が慣れてしまった。湯の温度も食い物の塩加減も、東京は何から何まで過剰だが、あんがいのことに和夫は順応した。

「顔はよう見えへんかったけど、何となく格好ええ人みたいやったね」

「実は、僕も知らないんだ」

「え、そうなん」

やたら物知り顔をするが、考えてみれば服部は和夫より少し前に入寮したのである。何事につけても先輩風を吹かして、聞いた話を見たように語る癖があるだけだった。

だいたいからして、寮生たちはたがいに没交渉である。朝食は午前六時から八時の間、夕食は午後五時から七時の間で、各自がてんでんにやってきては新聞や書物を相手にして食べていた。むろん娯楽室などはない。全体がそうした空気なので、食堂で服部と顔を合わせてもテーブルは別だった。

「こんばんは」

湯舟に見覚えのある顔が入ってきた。

「やあ、こんばんは」

銭湯で出会っても、挨拶だけはするのである。だが、まるで不文律のように、それ以上の会話はない。

和夫と服部がさほど親しくならないのは、体で感じるその不文律のせいだった。ましてや東大生の中に紛れこんでいる二人の浪人生が、傷を舐め合っていると思われるのも癪だった。

東京の人間は淡白だ。ノイローゼの若者が雑踏の中に蹲《うずくま》っていても気に留める人はなく、井の頭線のガード下に腹這う傷痍《しょうい》軍人は、誰もが見て見ぬふりで通り過ぎた。よほど見知った仲でなければ、朝晩の挨拶もしないらしい。尚友寮の淡白な人間関係は、そうした東京の縮図のように思えた。

日曜の銭湯は、洗い場に空きがないほど混雑している。あらかた長髪の学生である。バリケードの向こう側から、ヘルメットを冠ったまま通ってくる連中は、このごろとんと見かけなくなった。

湯舟の縁に腰を下ろし、泡だらけの長髪を眺めながら、服部は見てきたように言った。

「ロックアウトの真最中に、ここで団交があったんだよ」

「え。銭湯まで占拠しよったんですか」

長髪の洗髪料として、女湯と同じ五円の別料金を定めたところ、たちまちゲバルト学生たちが押し寄せて「洗髪料撤回」の団交に及んだらしい。まさか封鎖まではしなかったが、交渉の結果めでたく洗髪料は撤回されたそうだ。キャンパスの正門には「駒場銭湯闘争勝利」と大書した看板が立ったという。

「見てきたように言わんといて下さい」

「いや、ほんとだって。聞いた話だけどな」

和夫も服部もすっかり髪が伸びた。流行に阿《おもね》っているわけではない。貧しい若者たちにとって、長髪という風俗は好都合だった。

個人的な都合をいうのなら、長髪同様にすべての環境が好もしく思えた。他者に干渉しない東京の淡白さも、干渉する余裕のないあわただしさも、むろんそうした社会の縮図である駒場尚友寮の雰囲気も。

もしかしたら、学園闘争に参加した学生の中に、東京出身者はいなかったのではなかろうか、と思った。東京の淡白さに耐えられなくなった若者たちが、連帯を求めただけなのではあるまいか。

「なあ、服部さん。俺、志望変更しよう思とんやけど」

「何だよ、今さら」

「いや、東大をあきらめるのやなくて、理系にしよかて」

「東郷ショックか」

「そやない。東郷さんは関係ないて。受験科目もそうはちがわへんし」

「よせよせ。君の学力がどれほどのものかは知らないけど、東大は甘くないぞ」

長髪の客の中に、東郷さんの姿を探した。どれもこれもが、レースのカーテン越しの横顔に重なった。

「君だって家族の期待を背負ってるんだから、東大に合格することが先決だろう」

「誰も期待なんぞしてへんよ」

思わず言い返したとたん、振り下ろした鶴嘴《つるはし》の先が岩を噛んだように、体が痺れてしまった。

その先はけっして口に出してはならない。尚友寮の不文律に触れるからではなく、自分を支えているのは他人に言えぬ劣等感だけなのだから。

「俺、うきよごなんや」

便利な言葉だと思った。

「何だよ、それ」

「明日をも知れぬ難病みたいなものや」

服部は息を詰めて黙りこくった。

「詳しいことは訊かんといて。生まれつきやし、親にも見放されたし、こうなったら自分で自分を治さなならんさかい、理Ⅲに行って医者になろう思たんや」

嘘はない、と和夫は得心した。

しばらく腕組みをして、煙抜きの天窓を見上げてから、服部は和夫の肩を握ってようやくのように、「がんばれ」と言ってくれた。


銭湯からの帰り途、商店街の食堂でお定《き》まりの「かけラーメン大盛」を食べた。

二玉の麺に刻み葱《ねぎ》を散らしただけのラーメンである。服部はいつもライスまで付けるが、生来食の細い和夫は大盛ラーメンだけでも過分なくらいだった。

うきよごという「難病」について、服部は二度と訊ねなかった。ただ、「きょうは僕が奢《おご》るよ。仕送りが来たから」と言ったが、甘えれば嘘ではない話も嘘になると思って断わった。頑な拒否をどう受け取ったものか、服部は無理強いをしなかった。

帰りぎわに、見覚えのある顔が入ってきた。やはり長髪に黒縁のメガネをかけていて、銭湯に行きがけなのだろうか、洗面器の中には乾いたタオルが畳まれていた。

「こんばんは」

「ああ、こんばんは」

挨拶だけかわして店を出ると、服部は「ちがう、ちがう」と言った。

商店街は線路に沿った低地を東西に延びている。何年か前までは渋谷寄りに「東大前」という駅があり、下北沢寄りのすぐ近くに「駒場」があったのだが、正門前の「駒場東大前」に統合したのだと、服部はまたしても見てきたように言った。

教養学部の裏門に通ずる急な石段の上に、その東大前駅の改札口があったらしい。頭上を走る電車は高架線ではなく、キャンパスと商店街の間に大きな段差があるからだった。

「東京は坂道だらけや」

「やっぱりそう思うか」

駒場から渋谷まで歩くにしても、松見坂と道玄坂を上り下りしなければならない。その駒場でさえ、目と鼻の先の教養学部と尚友寮の間には、谷地の商店街があった。どうやら東京中がこうしたでこぼこの地形であるらしい。

「上り坂と下り坂と、どっちが多いのやろ」

冗談を飛ばしたつもりが、服部は坂道を上りながら考えこんでしまった。そしていいかげん歩いてから、自信のない解答を提出するみたいに、「上り坂じゃないかな」と真顔で言った。

商店街の西のはずれは夜空が豁《ひら》けている。そのあたりは教育大学の農学実験場で、広い田圃《たんぼ》があるのだと服部は言った。

「夏には蛍が飛ぶんだ」

「もう夏やないですか」

「これからさ」

服部の郷里には蛍がいるのだろう。だが京都の町なかでも見かけない蛍が、渋谷の繁華街にほど近い駒場に飛ぶとは思えなかった。たとえ実験場の田圃で生まれたとしても、樅《もみ》の木の境界を越えたとたん民家の灯りや街灯や車のヘッドライトに、たちまち紛れてしまうはずである。誰も気付かぬ蛍など、いないも同じだと思った。

歩きながら暗みに目を凝らしても、それらしい光は見出せなかった。

「実は先週、予備校で面談があって――」

第一志望を教育大に変更するよう勧められたのだと、服部は無念そうに言った。とたんに、カラコロと曳かれていた角下駄の歯音が鈍く変わったような気がした。

4

蚊帳《かや》を吊って床に就くと、狙い定めたように華やかなファンファーレが二階から降ってきた。

マーラーの五番。宝物だったカラヤン全集にも入っていたのだが、一度しか聴いたことがなかった。理由は至極単純で、フルトヴェングラーが酷評したというエピソードが、和夫の偏見になっていたからだった。たしかに、第一楽章がいきなりトランペットのファンファーレで始まる交響曲など、他には知らない。しかも退屈するほど長かった。

東郷さんのお勧めなのやから眠らずに最後まで聴かなならんと思って、蚊帳ごしに天井の豆電球を見据えた。わずかな対話を忘れずにいてくれたことが嬉しかった。きょうばかりは睡眠薬も飲んではいない。あの日から二週間に一度、ほとんど睡眠薬を処方してもらうためだけに、暗鬱な大学病院に通っている。

けっして病気ではない。ただ、眠るために。

「きょうばかりは、和ちゃんをひとりにさせられへん」

病気やない、いや病気や、と渋谷の喫茶店で不毛な言い争いをしたあと、姉は和夫の腕を摑んで立ち上がった。

街は糠雨《ぬかあめ》にまみれていた。低い雲がデパートの屋上をくるんでいて、午後の時刻を怪しむほどあたりは薄暗かった。車のクラクションも、工事現場のリベットを打つ音も、行きかう人の話し声さえも銜《くぐ》もって聞こえた。

予備校を休んだのは初めてだった。大学病院から新宿駅まで歩いて総武線に乗るつもりだったのだが、それどころやないと言われて、不毛な議論は渋谷の喫茶店に持ちこまれた。

「ねえちゃんは大学に行かんでええのんか」

「それどころやないわ」

「もう話してもしゃあないやん」

「ほしたら、話すのやめよ。あんたをひとりにさせられへんだけや」

雨傘をさすと、姉は恋人のように腕を絡めてきた。慣れたしぐさのように思えた。

「おとうちゃんやにいちゃんとは、相合傘するのんか」

「あほくさ」

「彼氏とは」

「そらまあ、当たり前やし」

会話はそれきり途絶えた。姉がどこに向かっているのかはわからなかった。

脳波には異常がないと医師は言った。だが、それはあくまで脳の機能判定なので、精神疾患を否定することはできないそうだ。

その曖昧な診断結果が、姉と和夫の議論のもとになった。長いこと待たされて処方された薬も、精神安定剤と睡眠薬だけだった。二週間分の薬を和夫が持ち帰るかどうかで、また言い争いになった。

人ごみを歩くうちに、姉は絡めた手をほどいて和夫の腰を抱き寄せた。足元も覚束《おぼつか》ぬ病人を、そうしてかばっているとしか思えなかった。あるいは、そうでもしなければ頭のどうかなった弟が、一目散に自殺してしまうのではないかと危惧しているのかもしれなかった。

姉のそうした心遣いが、和夫には理解できなかった。何でやねん、と考えても解答は見つからなかった。答も何も、そもそもこの設問に必要な公式を、和夫は学んでいなかった。

駅前ロータリーから斜めに入る繁華街を歩いた。京都の道路は碁盤の目だが、東京は方向も道幅も不規則で、こんなふうに東西南北のどこにも向かわぬ道を歩いていると、異界に踏みこむような心もとなさを感じる。

繁華街が尽き、通行人が減ったあたりで、姉は裏路地に入った。傍目《はため》を気にするふうもなく、ブロック塀を立てた旅館の玄関に和夫を引き入れた。

「連れこみやん……」

「そこらのホテルに入るよりはましや。あんたんとこは男子寮やし、うっとこは男子禁制なんやから、ほかに行くとこないやろ」

引戸を開けると、着物姿の仲居だかおかみだかが出てきて、「ご休憩ですか」と訊ねた。

「いえ、泊まりです」

「今からですと別料金がかかりますけど」

「はい、けっこうです」

和夫のとまどいなど委細かまわずに、姉は靴を揃えて上がりこんだ。

通されたのは坪庭に広縁《ひろえん》の付いた座敷だった。いわゆる連れこみ旅館にはちがいないのだが、さほど猥褻《わいせつ》な感じはしなかった。仲居だかおかみだかが茶を淹《い》れ、あまつさえ宿帳の記入まで求めたのは意外だった。

いいかげんな名前でもよさそうなものだが、姉は几帳面に「田中昭子」「松井和夫」と書いた。まるでペン習字の手本のように端正な字だった。

二人きりになると、たがいに言葉が思いつかず、しばらく黙って茶を啜《すす》った。

苗字がちがうのは今さらどうとも思わないが、並べて書くとどちらも淋しげな名前だった。そして、やはり肉親とするには決定的な隔りがあると思った。

「昭和やねん。あんた、知っとった？」

「え、意味がわからへん」

姉の指先が卓をなぞった。

「昭子と和夫で昭和やねん。おとうちゃん、あんまり物を考えんと名前をつけはったさかい、うっとこのおかあちゃんとえろう揉めたんやて」

「揉めるのんは名前以前の問題やろ」

「そらそうやね。けどな、和ちゃん。苗字はちごうても、姉と弟やいう証拠やで」

姉は二人の名前に呪縛されているのではあるまいか、と思った。

いや、それは誤答にちがいないのだが、ほかに正解を求める公式を和夫は知らなかった。

雨音が時計の針のように思えてきた。難しい問題やないはずやのに、どうして俺に解けへんのやろ。

「外泊するときは、寮に連絡せなあかんのんや。夕ごはんが余ってしまうさかい」

「ごはんがどうのやのうて、躾《しつけ》やね。電話すればええやん」

「そんでも、明日の朝はいったん寮に帰らな。予備校の教科書を取りかえてこなならん」

「まじめやねえ、和ちゃんは」

ほめているのか、呆れているのかわからなかった。姉はミニスカートの膝をしどけなく崩して、小さな顔を掌で支えた。

「まじめなんやない。当たり前のことや」

「へえ、ちがう議論ですか。何でも聞いたるえ。時間はようけあるさかい」

和夫は何の衒《てら》いもない本心を口にした。

「予備校には特待生の制度があるのんや。一番やったら授業料がそっくり戻ってくる」

言い終わらぬうちに、姉の口元からほほえみが消えた。何が気に障ったのだろうか。やがて和夫の顔を見据えるまなざしが潤んで、まさかと思う間に涙が指を伝った。

「たいがいにしいや。特待生は高校だけで十分や」

姉に言った憶えはない。浮かれ上がった母が父に伝え、父が姉に自慢したのだろう。

「あんた、そのお金はどないしたん」

「知らへんよ。どのみちおかあちゃんが出してくれはった学費や」

「頭がおかしゅうなるくらい勉強して、ほいで取り返した学費を、あんたのおかあちゃんと彼氏とが、追い銭に投げてよこしたんやで」

「おかあちゃんのこと悪く言わんといて。ねえちゃんにとっては赤の他人やろけど、俺の母親や」

「よう言うわ。子供をほかして男を取ったんやで。母親をやめて、女になった人やで」

「どこが悪いねん。立派なウーマン・リブの闘士やんか」

言いすぎだと思った。母は主張や思想とは無縁だった。恋人と長く続いたためしはなかったし、死ぬの生きるのという愁嘆場《しゅうたんば》も、いくど見せられたかしれない。だが、和夫はそんな母を肯定せぬまでも、寛容しなければならなかった。かりそめにも、たったひとりの親だからだった。

姉は俯いてしまった。母に対してはあれほど寛大であった自分が、どうして姉を泣くほどやりこめるのだろうと思った。

たぶん、父母に愛された人への嫉妬であり、代理人としての姉を通して、父を呪咀《じゅそ》しているのだろう。そう思ったとたん、うきよごという言葉がまとう卑しさに身が竦《すく》んだ。

「なあ、ねえちゃん。俺をほかしてくれへんか」

姉は駄々を捏《こ》ねる少女のように、俯いたままかぶりを振って、「いやや」と言った。

「俺にばかりかかずりおうてたら、勉強も恋愛もほっぽらかしになるやん」

「いやや」

責任感の強い人なのだろうか。それとも父を怖れているのか。いや、ちがう。やさしさ。憐み。正義感。やはりちがう。

「どうして泣くねん。いったい何が悲しいのや」

「わからへん」

「わからへんて泣かれても困るで。どうしようもないやん」

姉はしゃくり上げながら言った。

「子供のころから、和ちゃんのことを考えると涙が出た。今は目の前にいてる」

心の黒板に、和夫は鮮かな解答を書いた。自分だけが知らなかった「肉親の情」という公式を使えば、姉の嘆きや憂いや怒りは、すべて証明できた。

難問をやっつけたときいつもそうするように、和夫は仰向けに寝転んで連れこみ宿の天井を見上げた。

「俺、東郷さんみたいな秀才になりたい」

「だから、誰やの。その東郷さんて」

それきり黙って雨音を聴いていると、鎮静剤がぶり返したような睡気がさしてきた。

京都も雨降りやろか。


蚊帳の中でマーラーを聴いているうちに、「ごちそうだよ」と東郷さんの言った意味がわかった。

さまざまの楽器が、かわるがわる登場する。演奏後には次々にすべてのパートが立ち上がって、観客の祝福を受けなければならないだろう。たぶんオーケストラも大編成だと思う。

第四楽章は弦とハープだけのアダージェット。たとえば風の凪いだ月夜の海。

ゆっくりと移ろいながらも精妙な緩急と強弱があって、プレイヤーはかたときも指揮棒から目が離せないだろう。

波間にあてどなく漂う体を、姉の白い腕が抱き止めてくれた。

「あれ、蒲団がひとつしかないやん」

襖を開けると、窓のない四畳半に枕を並べた蒲団が敷かれていた。

「仲居さんに言うて、こっちの部屋にも敷いてもらわな」

「野暮なこと言わんとき。連れこみ宿やで」

姉は髪を乾かしながら、鏡の中で笑った。浴衣姿の姉は、ずっと齢上の成熟した女に見えた。

夕食には寿司の出前を奮発した。格好がつかないという理由でビール瓶の栓を抜いたが、二人で半分あけるのが精一杯だった。

「有馬で一緒に寝たやん。和ちゃんは覚えてへんかも知れんけど」

「覚えてる」

たった一度の「家族旅行」は有馬温泉だった。小学校に入学した年の夏だから、前後の記憶はない。

プラットホームの先から、白い麻背広にパナマ帽を冠った父が、見知らぬ少女の手を引いて歩み寄ってきた。母は日傘を振った。京都駅だったのか、神戸駅だったのかはわからない。アコちゃん、カズちゃん、とたがいを紹介されたあと、小さな姉はすぐに手をつないでくれた。

はっきりと覚えているのは、その出会いの光景だけだった。宿の様子も、ひとつの蒲団で寝たことも、実は記憶になかった。

「ねえちゃん、素顔のほうがええわ」

「なかなかの殺し文句やね」

お世辞ではなかった。流行の付け睫毛《まつげ》を取って、口紅も拭い落としてしまうと、一重瞼はいくらか淋しいが人形めいた愛らしい顔が現われた。高校生のころとどこも変わっていなかった。

「どうして有馬には、ねえちゃんだけを連れてきたんやろな」

「和ちゃんの遊び相手になるからやろ。おにいちゃんも大《おっ》きいねえちゃんも、齢が離れてるさかい」

「せやけど、冒険やないか。バレたら大ごとやん」

「あのころは、もうバレとったんちゃうかな。よう覚えてへんけど、口止めされた憶えもないわ。だいたいからして、じゃまくさいことの嫌いな人やし」

あ、と思いついたように姉は、ドライヤーのスイッチを切った。

「もしかして和ちゃん、何も知らへんの？」

「何のことや」

鏡の中で和夫の表情を窺いながら、姉は思いがけぬことを言った。

「えー、何も聞いてへんのんか。うちな、おかあちゃんの子ォやないねん。せやけど安心しい、おとうちゃんの子ォやさかい、あんたは弟や」

「聞きとないわ」

和夫は姉の饒舌を遮って、乱暴にビールを飲み干した。

ついさっき心の黒板に書いた解答は、誤りではないが正解でもなかった。これで百点満点ということになるのだが、設問の解説などは読む気にもなれなかった。

姉が言い返した。

「べつに話したくもないわ」

ふと和夫は、遺伝学的にいうのなら母親の異なる姉と弟は、いとこと同じなのではないかと思った。

優性の法則。分離の法則。独立の法則――大学受験に頻出するメンデルの法則のどこにも、そんな記述はなかったと思うが。

姉の出自は遺伝学と関係がなくても、いとこよりさらに血脈の薄い、道徳的にも何ら問題のない男と女のような気がした。

「俺、睡眠薬飲むわ」

「あかん。うちが子守唄を唄《うと》たる」

姉はハンドバッグを抱えこんでしまった。

「俺の薬やで。ねえちゃんが持っとってもしゃあないやん。むりやり病院に連れてって、出された薬も飲まさへんのんか。むちゃくちゃや」

姉はほっと溜息をついて、バッグの中から薬袋を取り出した。

「ほしたら、うちも一緒に飲むわ。どないなものか経験しとく」

名案だと思った。もしかしたら姉も、メンデルのエンドウ豆と人間が、それほどちがう生物ではないと考えたのかもしれなかった。

「あっちで飲もか。スッと気が遠くなるのやろ」

姉は和夫の手を引いて、蒲団の上にいざなった。枕元には切子の水差しと、コップがひとつ置かれていた。

「何だか、心中でもするみたいやね」

「俺はそれでもかまへんよ」

冗談には聞こえなかったのだろうか、姉は悲しげに和夫を見つめた。

「和ちゃん。死んだらあかんえ」

姉の声は切実すぎて、冗談も思いつかなかった。

「襖、閉めてんか」

「このまんまでええよ。俺、閉所恐怖症なんや」

子供のころから、上七軒の長屋で襖ごしに聞かされてきた睦言《むつごと》や愁嘆場を、思い出したくはなかった。

姉は目をつむって薬を飲み下し、コップを和夫に手渡した。

あちこちの灯りを消すと、坪庭を打つ雨音が耳に迫った。

「豆電球はつけといて」

「ねえちゃん、怖いのんか」

「いつもそうしてるだけや」

真ッ暗な部屋には、姉にも何か悪い思い出があるのだろうかと思った。

乾いた褥《しとね》に身を横たえると、白い腕がうなじに滑りこんだ。そのまま胸元に抱き寄せられても、和夫は抗わなかった。

姉の体は、しっとりとした手触りも肉の硬さも、自分と同じだった。

「子供のころからずっと、和ちゃんがうらやましゅうてならんかった」

耳元で囁いた姉の声の重みを考えるうちに、快い睡気がさしてきた。

三年前に寺町通の喫茶店で別れを告げた姉を、どうして京都駅まで送らなかったのだろうと思った。ほかに見送る人などは、誰もいなかったはずなのに。

「かんにんや、ねえちゃん」

頰を重ねると、雨音が月夜の海の波の調べに変わった。

マーラーのごちそうは食べつくした。

第五楽章の終わりまで、優に一時間以上もあったと思うが、けっして退屈はせず、睡くもならなかった。

蚊帳の上に、息づくような緑色の光があった。「蛍や」と独りごちて和夫は身を起こした。その声に驚いたのか、蛍は蚊帳を離れて闇をたゆたい、窓の外へと飛び去ってしまった。

あわてて蚊帳から這い出して窓辺に倚《よ》ると、目の前の雑木林に無数の光が群れていた。夢やろか、と和夫は瞼をしばたたいた。

「服部さん、蛍や、蛍が来た」

小声で窓越しに呼んでも答えはなかった。

「東郷さん、蛍や、蛍が来た」

身を乗り出して二階に呼びかけると、電気スタンドが消えた。

――やあ、きれいだな。

やはり夢の中のような、低い声が降り落ちてきた。白いカーテンがわずかに翻っているだけで、東郷さんの姿は見えなかった。

――君は幸運な人間だ。

蛍火の美しさよりも、その一言のありがたさが和夫を泣かせた。これまでの不運と不幸をすべてご破算にする幸運と幸福が、約束されたように思えたからだった。

蛍の群がエメラルドの帯になって飛び去ってしまうまで、和夫は頭上に東郷さんの息遣いを感じながら、じっと窓にもたれていた。

5

夏休みの間に、東郷さんは駒場尚友寮から姿を消してしまった。

予備校の夏季合宿から帰った和夫をいつものように抱きしめながら、二階の部屋が空いたが引越すか、と寮長は訊いた。

誰彼かまわぬ抱擁は寮長の他意なき愛情表現で、古い寮生は「ハイハイ」と言いながら抱き返すくらい慣れているが、和夫はいまだ気色悪くてならない。

風が通るし、これからの季節は陽当たりのいいほうがよかろう、と寮長はしきりに勧めてくれた。そんなことはどうでもよかった。二階の東郷さんがいなくなってしまった。あの梅雨明けの日にわずかな言葉をかわしたきり、結局は誰がその人なのかもわからぬまま、和夫は神を喪《うしな》ったような気分になった。

「どこに行かはったんですか」

「さあ。彼は秘密主義者だからねえ」

その先の詮索《せんさく》はできなかった。たがいに不干渉であることが、唯一と言ってもいい尚友寮の掟《おきて》だった。

「彼から預っているものがある。君たちが親しかったとは意外だった」

「いえ、よう知りません」

「要らないと言われても困るんだよ」

寮長に導かれるまま、初めて二階に上がった。玄関の袖から階段を昇ると、やはり建て増しをくり返した不細工な廊下が続き、雑木林の迫る北の端に東郷さんの部屋があった。

「これを下に持っていくぐらいなら、君がこっちに越してきたほうがよかろう」

がらんとした六畳間に、大きなスピーカーとデッキが置かれていた。

「部屋、移らせてもらいます」

咽元《のどもと》まで出かかった歓声を嚙みつぶして、和夫は言った。歓びよりも、ふしぎな気分がまさったからだった。もし見まちがいでなければ、オーディオ装置は何から何まで、和夫が上七軒の家に残してきたものと同じだった。

「なるたけボリウムは控えめにな。彼に文句をつける者はいなかったが、君はまだ貫禄が足らんからね」

寮長はステレオの前にへたりこんだ和夫の頭を撫でて、部屋から出て行った。

カラヤン全集。何でこないなものまであるのやろ。

ケースを開くと、一枚目のベートーヴェンのジャケットの上に、「讀書尚友」と書かれた便箋が載っていた。その四文字のほかに、伝言は何もなかった。

東郷さんの声が胸に甦った。

――要するに、書物を読んで昔の偉い人を友とする、ということだよ。

とたんに、自分を縛《いまし》めていたありとあらゆる理不尽の縄が解き放たれて、自由になった体をどうしてよいかわからぬまま、和夫は便箋を膝に抱えて泣いた。

東郷さんは神様やない。もっとずっとけったいな、神様でも人間でもない何かしらやった。

たとえば、建物どころか時間まで歪んだこの下宿屋に棲《す》みついていた、未来の自分自身だと思うと、すべてが腑に落ちた。


「留学だよ。ほら、外国の新年度は九月じゃないか」

正門に続くヒマラヤ杉の並木道を歩きながら、服部が自信たっぷりの仮説を唱えた。

「だったら、寮長さんにはそう言うんやないかな」

「甘いね。学問を積んだ人ほど、学をひけらかすような真似はしないんだ」

どうしてこの男は、何だって語尾に疑問符を付けず、確信的に断言できるのだろう。もっとも、それが服部という人物の居心地のよさだった。納得したふりをすれば無駄な議論はしなくてすむし、そのくせこちらから言い返せば、やはり反論はしない。

秋風の立ち始めた青空に、時計台がかんと聳《そび》えていた。バリケードは夏休みのうちにあとかたもなく排除され、ヘルメットもゲバ棒もない学生が、立看板の前で意固地なアジ演説をしていた。

正門で警備員に学生証の提示を求められたが、学校見学ですと言って予備校のそれを見せると、あんがいのことにあっさりと通してくれた。

「悪い記憶が甦るなあ」と零《こぼ》しながら、それでも服部は、駒場キャンパスの来歴や時計台のある一号館が講堂ではなく教室の集合であることなどを、まるで東大生のように自慢げに語った。

「去年の合格発表はどこやったんですか」と、狙いすました意地悪な質問をすると、服部は視線を向けようともせず並木道の脇を指さして、「あそこ」と答えた。

二人はキャンパスのシンボル・ツリーと思える白樫の木蔭の、焦げたベンチに腰を下ろした。

「来年は構内の駒場寮に引越すよ」

「予備校の進路変更は無視やね」

「そりゃあ松井君。最初から聞く耳など持っちゃいないよ」

たぶん夏休みに帰郷して、親と相談したのだろう。服部の表情は自信を取り戻したように見えた。

「そういう君はどうするの」

「夏季合宿から理系に変えたんや。何とかついていけそうやし」

新学期が近付くと、寮生たちは日ごと尚友寮に戻ってきた。その中には、和夫と服部が勝手に東郷さんだと決めつけていた顔もあった。消去法によってすでに不在の人物を特定することは難しく、そうこうしているうちに重要なヒントである声やシルエットも、次第に記憶が怪しくなった。

それでも、こうしてキャンパスにいると、目の前を通り過ぎる学生や教官がどれも東郷さんに見えた。時計台のアーチ天井の下で合唱の練習を始めたグリークラブの中にも、東郷さんが混じっているような気がしてならなかった。

「東郷さんのことだけどね」

服部は珍しくも、ためらいがちに言った。

「もしかしたら、そんな人は最初からいなかったんじゃないかな」

「シュールやね。そやけど、寮長さんにも見えてはったし、ほかの寮生も噂してたやん」

「だから、共同幻想なんだよ」

服部は断言した。「恐怖の共同性」が国家の起源ならば、尚友寮という一種の知的村落共同体には、「理想の共同性」が生まれ、なおかつ幻想化してもふしぎはない、というわけだ。

おそらく夏休み中に読んだ書物の受け売りなのだろうが、その仮説は「留学説」よりも説得力があるように思えた。

和夫はベンチの背にもたれて、白樫の木洩れ陽を仰いだ。

うきよごの事実は事実としても、苦悩のあらかたは俺の幻想かもしれへん、と思った。そうや、じゃかましい父親にくどくどと説教されたり、キャラメル・ママに付きまとわれたりするよりは、よっぽど気楽やんか。うきよごいうのんは、俺とねえちゃんの共同幻想やで。

この揺るぎようのない正解を、一刻も早く姉に伝えたかった。

「赤電話、どこにあるやろ」

服部は目で探そうともしなかった。

「ああ、そんなこと思い出したくもない。受かったやつばかりが、うきうきと長蛇の列を作っていた」

時計台のグリークラブが解散すると、どこかからパイプオルガンが聴こえてきた。しばらく耳を澄ましてから、これはまぼろしではないと思った。

「バッハや。どこで弾いとんのやろ」

「あそこ」と、服部は樅の大木の向こうに陽を浴びて佇む、瀟洒《しょうしゃ》な建物を指さした。

「僕は興味がない」

「ほな、ここで待ってて」

和夫は樅の下枝《しずえ》を巡って、優雅なアーチの並ぶファサードに立った。

闘争に荒れすさんだキャンパスの中の、そこだけが冒しがたい聖域であるかのように、白亜の大理石には落書きも焦《こ》げ痕《あと》もなかった。見上げれば青空を負った頂《いただき》に、旧制一高の紋章が矜らしく掲げられていた。

靴音を忍ばせて室内に入った。講堂にしては小さく、教室というには広すぎる。ぎっしりと並んだ長机に、ちらほらと聴衆の影があった。

陽光に焙《あぶ》られた瞳はほの暗くて、人々はどれも似たような長髪の後ろ姿だったけれど、どこかに東郷さんがいると和夫は思った。

花のように雪のように、享《う》けとめきれぬバッハが降り落ちてくる。

幸福によろめきながら和夫は、自分の座るべき席を探した。

流離人《さすりびと》

真冬の海は荒れていた。

磯から湧き立つ風花《かざはな》が車窓に舞ううちは、旅情にひたってもいたのだが、やがて波をかぶらんばかりに線路が低くなると、いささか不安にかられた。

二両連結の気動車が、ふだんからのんびりと走っているのか、それとも徐行運転をしているのか、私にはわからなかった。もし沿岸の無人駅で停まってしまったら、まさか列車ごと波にさらわれはすまいが、一夜の缶詰ぐらいはありそうに思えた。

秋田新幹線の開業も、白神《しらかみ》山地が世界自然遺産に登録されるのもずっと後年の話で、車内には観光客らしき人の姿はなかった。

「旅というものは、こうじゃなくちゃいけません。まあ、一献《いっこん》」

例外はこの老人である。話し相手が欲しくなったのだろうか、背うしろの座席から地酒の瓶を提げて、私の目の前に移ってきた。

「ああ、さいですか。お若いのに酒を飲まれんのじゃあ、旅の面白味も半分ですな」

物言いにいくらか険があったのは、断り方が悪かったのだろうか。いや、そういう扱いづらい世代の人なのだと、私は思い直した。

同じ齢頃に思える私の父親などは、倅《せがれ》が下戸であるのを百も承知で毎度酒を勧め、そのつど固辞すると、まるで私に何か悪意でもあると邪推するように、機嫌を損ねたものだった。

盃を受けぬということが、彼らの時代には非礼だったのだろう。

間を取り繕うつもりで煙草を勧めると、老人は笑顔を見せて、「そっちはやらんのです」と言った。

さほど酔っているふうはなく、豊かな白髪に眼鏡をかけた風貌は知的で、少くとも厄介な人物とは思えなかった。

「無調法ではありますが、多年の習い性でして」

老人が指を舐《な》めて差し出した名刺には、「沢村義人《さわむらよしと》」という名前と都内の住所が書いてあるきりで、肩書きはなかった。

行先を訊《たず》ねると、ふしぎな答えが返ってきた。

「さすりびとですよ」

え、と訊《き》き返した。

「さすらいびと。そう言うよりも、さすりびと、のほうが風流ですな。行先もなし、目的もなし、乗り降り自由の切符を使って、さすろうておるのです。夕方になったら列車を降りて、そこいらの温泉宿か商人宿に泊まります」

「ご家族は心配なさるでしょう」

「幸いというかあいにくというか、心配をする者は持ちません。どこかでふいに、おしまいになればいいと思っています」

列車は相も変わらず、吹きつのる風花と波しぶきに煽《あお》られながら、ゆっくりと走っていた。

「面白い昔話を思い出したのですが、聞いていただけますかね」

老人は煤《すす》けた色のマフラーをはずして、人なつこい笑顔を私に向けた。

出征兵士は歓呼の声と旗の波で送られるものだとばかり思っていた。

沢村義人が物心ついたころには、すでに戦時動員が始まっていたから、それは日常の風景だった。

入営する近所の男たちは、きのうまでの暮らしが世を忍ぶ仮の姿であったかのように精悍だったし、戦地に赴くために青山や赤坂の聯隊《れんたい》から新橋駅まで行進する部隊は、泉岳寺に向かう赤穂浪士を彷彿《ほうふつ》させた。いつかそんなふうに送り出される自分を、夢見ていたのもたしかである。

今さら同じことをしてほしいとは思わない。しかし死ぬ覚悟を決めるには、やはり勢いというものが必要で、そのための歓呼の声や旗の波は有効にちがいなかった。

沢村は見送る人もないまま歩兵一聯隊の営門を出て、新橋駅まで歩いた。私物を詰めこんだ旅行鞄が重くてならず、途中からは細引《ほそびき》をかけて肩に担いだ。傍目《はため》など気にしてはいられなかった。むろん、従兵などという余分な戦力はない。

将校行李《こうり》は後送いたします、と事務室の准尉は言ったが、このご時世に満洲くんだりまで、無事に荷物が届くとは思えなかった。そこで命令を受領したその足で偕行社《かいこうしゃ》に向かい、どうにか提げて歩けそうな旅行鞄を買った。中味は相当に節約したつもりだったが、赤坂檜町《ひのきちょう》の営門を出て、六本木の十字路に立ったころ早くも、欲をかきすぎたと思った。

衣類の目方などは知れている。元凶は書物である。六法全書とドイツ語の哲学書と辞書、それがいけなかった。

繰り上げ卒業で入営した先輩たちは、学問に未練などあるまいが、徴兵猶予の停止という事情で兵隊に取られた沢村の世代には、復学する希望があった。

期待などしてはいない。万が一にも生き残れば大学に戻るだろう、という程度の希望である。厄介なことには、その希望が六法全書や辞書に姿を変えて、荷物の目方になっているのだった。

新橋駅のプラットホームから見はるかす東京は、茫々たる焼け野が原だった。宮城《きゆうじよう》の緑は砂漠の中のオアシスのようで、上野の山が思いがけなく近かった。

そうしてぼんやり列車を待っていると、いよいよこの出征の事実が疑わしく思えてきた。もしやすべてが悪い夢で、ふと目覚めれば大学の階段教室なのではあるまいか。

空襲で焼け出された家族は、信州の親類に身を寄せている。要らぬ心配をかけてはならぬから、元気でやっている旨《むね》を記した年賀状のような葉書を、たまに送るくらいのものである。満洲国の消印のある便りがいきなり届いたなら、父母はさぞかし仰天するだろう。

沢村は焼け跡を渡ってくる風を胸一杯に吸いこんで、夢ではないことを確かめた。

それにしても、留守部隊長からの命令が口達《こうたつ》であったのには驚いた。満洲は戦地と言えぬまでも、外地にはちがいない。「関東軍に転属を命ず」るからには、命令書ぐらいはなければおかしいと思った。

事務室の准尉が言うには、「防諜上、将校の転属命令はつとめて口達」だそうである。この説明も釈然とはしない。予備士官学校で一年たらずの教育を受けただけの即成少尉が、何の情報を握っているわけはなく、ましてやその異動が軍機に属するとは思えなかった。

要するに徴用された馬匹《ばひつ》と同じ消耗品なのだから、言って聞かせるだけで十分、ということなのだろう。

東京に生まれ育った沢村は、大陸どころか箱根山の向こう側にも行ったためしがなかった。だから地図をいくら眺めても、実感が伴わない。歩兵第一聯隊はかつて満洲に派遣されていたこともあるので、古株の将校や下士官の中には要領を知る者もあるだろうが、口達命令で飛ばされるのだと思えば、あえて訊ねるのも癪《しゃく》だった。

そこで、聯隊本部に保管してあった「満支旅行年鑑」なる書物を拝借した。むろん返却するつもりはない。口達命令ひとつで、あとは勝手に行って勝手に死ねという話なのだから、罰《ばち》は当たるまいと思った。

ただし、昨昭和十九年版である。藁半紙《わらばんし》を七百頁も重ねてようやく体裁を保っているところからすると、紙材の不足で昭和二十年版の刊行は断念したのかもしれぬ。時刻表の細かな数字などは、インクが滲《にじ》んで読みづらかった。もっとも、今どき軍務か公用以外に「満支旅行」をする者もいないだろうが。

ともかく汽車で下関に向かい、関釜《かんぷ》連絡船で朝鮮に渡る。ありがたいことに、鉄道にも船にも乗客の優先順位が指定されており、その第一位は「軍務をもって旅行をなす軍人、軍属」だった。つまり、どれほど混雑していようが、沢村は最優先されるのである。

しかし、冒頭の「大陸旅行界一年」には不安な記事もあった。

〈関釜連絡船崑崙丸《こんろんまる》は十月五日二時ごろ沖ノ島付近において敵潜水艦の雷撃を受け数分にして沈没せり。海軍航空機及び艦艇ならびに付近所在船舶の援助により極力救難に努めた

るも海上浪荒く且《か》つ就寝中の事故なりしため乗客乗組員合計六一六名中只今迄《ただいままで》判明せる生存者七二名なり〉

沢村は金鎚なので、こうした場合とうてい七十二名のうちに入るとは思えなかった。それはそれで仕方ないが、戦死として扱われるかどうかは気になった。

ましてや一昨年十月の出来事である。そののち戦局が好転したとも思えない。敵潜水艦はいっそう数を増しているだろう。

運良く朝鮮にたどり着いたとする。釜山《ふざん》桟橋駅からは、満鉄直通の急行「のぞみ」か「ひかり」に乗る。大邱《たいきゅう》、京城、平壌。日満国境を越えて、安東、奉天、鉄嶺、四平街、公主嶺。新京まではおおむね三十時間というところか。

あんがい近いような気もしたのだが、東京から下関までが二日がかりのうえ、乗り継ぎの待ち時間もある。途中には朝鮮海峡という三途の川も。

ページを繰りながらすっかり暗い気分になっていると、プラットホームの先から老いた駅員が歩み寄ってきた。

「そりゃあ、あなた。下関まで行くんなら東京駅から急行に乗らなきゃいけません」

特急列車はすでに廃止されている。日に一本しかない急行に乗るのも、そのぶん死に急ぐような気がしたのだった。

しかも――着任地は新京の関東軍司令部なのだが、いつ幾日《いつか》までに、という指示はなかった。ならばのんびり行ってもかまうまい、と考えたのである。

「急行と鈍行とではだいぶちがうのですか」

と訊ねれば、駅員は何だか田舎者を見くだすような目付きで答えた。

「定刻通りには走りませんから、何とも答えようがありませんが、急行には二等車が付いております。この時間からですと、そうは待たずに急行が出るからちょうどいい」

そういうことならば仕方なかろうと、沢村は重い旅行鞄を持ち上げた。

「つかぬことを伺《うかが》うが、学徒将校でらっしゃるか」

いやな言葉だ。学徒出陣だの学徒将校だの、まともな日本語だとは思えない。しかも、生え抜きの士官学校出身者に見えぬというのが、また腹立たしかった。

「そんなものです」

沢村はぞんざいに答えた。すると駅員は、あたりを憚《はばか》るようにして囁きかけた。

「しらばっくれて二等にお乗んなさい。車掌は下士官兵には文句をつけるが、将校の検札はしません」

これはうまい話を聞いた。陸軍将校たるもの、公用私用にかかわらず自前で二等車に乗るべし、と予備士官学校の教官が言っていた。二等車の乗車賃は三等の三倍だから、思わず溜息をついたものである。

見習士官の給料は五十円かそこいらなのに、衣袴《いこ》の一式はむろんのこと、百五十円もする軍刀まで私費で購入しなければならなかった。そのうえ汽車まで二等に乗れというのは、命も出せ金も出せの強盗のようなものだ。

しかし、生まれて初めて乗る東京駅発の二等客車はすこぶる快適で、このままどこまでも旅をしていたいと思うほどだった。関釜連絡船も釜山から新京までの列車も、この手を使おうと思うと、暗い気分も晴れた。

二等客車のただ乗りなど、むろん非合法であろうし、いかに戦時下といえども不道徳にはちがいなかった。だが、東京や横浜の焼け野が原を車窓から眺めているうちに、良心の呵責《かしやく》は消えてしまった。

こんな戦争を続けている国家には、すでに法治も徳治もないのだ。

海はいよいよ荒れた。

危険がないのなら、波打ち際はさっさと走り抜けてほしいと思うのだが、相変わらず悠然たる速度である。

「ところが、急行列車といったって、時刻表通りには走っちゃくれんのです。空襲警報のたんびに停まる。どのみち機銃掃射をくらうのなら、突っ走ったほうがましだろうと思うんだが、いちいち停止して乗客を線路脇に避難させる。警報が解除されると、車掌がメガホンを持ってあたりを駆け回る。置いてけぼりならどうということもないが、車輛の下に逃げこんでいる人がいたら大変ですからね。夜なんぞは懐中電灯を振り回すものだから、かえって敵機の標的になるんじゃないかと危ぶみましたよ。乗客の大方は空襲を知っているんだが、私は群馬の予備士官学校にいたので経験がない。陸軍少尉殿がほかの誰よりも泡を食っておるのです。そんな具合だから、線路も前が詰まってしまって、しばらく停ったきりにもなります。車掌はたいがい女でしたね。そういえば、新橋駅で知恵をつけてくれた駅員も、ずいぶんな年寄りでした。もう甲も乙もない、根こそぎ動員の時代です」

沢村老人は紙コップの酒を舐《な》めながら私の顔色を窺い、「つまらんでしょう」と言った。話し始めたときはうっとうしいとも思ったが、すぐに興味をひかれた。語り口は明晰であるうえ、武勇伝にはなりそうもなかった。

「一年たらずの教育で、将校になれるものなんですか」

私は疑問に思っていたことを訊ねた。

「なれるはずないでしょう。陸軍少尉といったらあなた、戦地では四十人や五十人の小隊を指揮するんですよ。つまり、正規の駅員や車掌がいなくなったから、定年退職した年寄りや動員された娘さんを代用にあてるのと、同じ理屈です。ただ、私たちの世代は中学校の時分から、軍事教練をやらされていましたからね。基礎のようなものはありました」

それから沢村老人はいくらか渋い顔になって、軍事教練という「教科」の正体について語った。

そもそもは大正の軍縮で、余ってしまった陸軍将校の使い途《みち》として考案されたのだそうだ。中学校以上の男子校に、ひとりずつ教官の将校を配属すれば、相当の人数を現役にとどめておくことができる。

貴重な学問の時間を、軍隊の都合で取り上げられたのは納得できない、と沢村老人は言った。

「それでもまあ、私なんぞは体がいいから辛抱はききましたが、うらなりの連中にとっては耐え難かったでしょうな。しかも、軍事教練を受けているから、どいつもこいつも即成将校でよかろうというのは、もう無茶苦茶な理屈ですよ」

しばらく荒海を眺めてから、沢村老人はいっそう苦々しく顔をしかめて続けた。

「軍事教練でさんざつらい思いをしてきた連中は、飛行機乗りを志願しました。それにしたところで即成にはちがいないから、みんな特攻隊ですわ。上野の美術学校の生徒なんて、揃いも揃ったうらなりですよ。まさか美学なんてありゃしません。絵筆よりいくらか重いのは操縦桿だな、と言ったやつがいました」

戦争にまつわる惨い話は聞きたくなかった。そこで出身校を訊ねると、沢村老人は少し誇らしげに、「帝大ですよ。今の東京大学」と言った。

「理工系と教育系には猶予があったんですが、法文系はひとからげでした。一高を受験するときは、どちらに進もうか迷ったのですがね。いやはや、まさか専攻する学問が命の分かれ目だとは思いもしなかった」

指先で窓の曇りを拭い、沢村老人は吹き寄せる風花の先に何かを探そうとでもするように、遥かな目を凝らした。


その奇妙な軍人が沢村の向かいに座ったのは、急行「のぞみ」が奉天駅を出たころだった。

満洲随一の大都会がゆっくりと車窓に移ろってゆくさまを眺めていると、「よろしいかな」と声をかけられた。「どうぞ」と背中で答えてから、沢村はあわてて立ち上がった。

立派な軍服に身を包んだ中佐殿である。口髭《くちひげ》は半白で、いくらか薹《とう》が立ってはいるが階級章さえなければ将軍にも見えそうな、大した貫禄だった。そこまでの出世が叶わなかった中佐殿が、実役停年で予備役待命中に応召、というところか。

「こちらにお掛け下さい」

沢村は進行方向の窓際の席を譲った。

「いや、かまわん。ここでよろしい」

乗客のなかばは奉天駅で下車し、二等車はすいている。ならばどこに座ってもよさそうなものだが、厄介なことになったと思った。つまり、話し相手にされるのである。

目の前に中佐殿が構えていたのでは、おちおち居眠りもできない。新京まではまだ四時間半もかかる。

「自分は、歩兵第一聯隊の沢村少尉であります。このたび関東軍に転属を命じられ、新京の総司令部に向かう途中であります」

中佐は軍刀を杖にして腰をおろし、うんざりとした顔で沢村を見上げた。

「学徒将校だな」

「はっ、そうであります」

「自己紹介は簡潔にせよ」

「要領を得ず、申しわけありません。では、何と言えばよろしいのでしょうか」

「ほとんど余分だ。転属命令が出た以上、歩一《ほいち》は原隊なのだから、口にする必要なし」

「もとい。自分は――」

「その、自分は、というのも必要なし」

「もとい。沢村少尉であります。関東軍総司令部に向かいます」

「それでよし。さすがに学徒将校は頭がいい。ほかの客の迷惑だ。座れ」

座ります、と復唱して中佐の斜向《はすか》いに腰をおろした。

「楽にせよ。まだ先は長い」

沢村が背もたれに体を預けると、中佐は大あくびをし、あろうことか軍袴の尻を少し持ち上げて屁をひった。笑うわけにはいかないが、いくらか気持ちが楽になった。

「関東軍付《づき》、桜井中佐である」

それだけでは簡潔すぎて何もわからない。関東軍は満洲国全域に展開する大軍である。新京の総司令部付、という意味なのか、もしかしたら自分と同様に、詳細のわからぬまま内地から転属してきたのではなかろうかと沢村は思った。それらしいことには、古ぼけた将校行李が通路に置かれていた。

「網棚に上げましょう」

「いや、すいているので邪魔にもなるまい。居眠りをしているすきに盗まれでもしたら大ごとだ」

桜井中佐は行李を膝前に引きこんだ。

「道中は大変だったろう」

「釜山からはおおむね順調でありますが、それまでがどうにも――」

沢村は内地の列車の混乱や、関釜連絡船の敵潜水艦を警戒しながらのジグザグ航行を語った。

「ほう。関釜航路はまだ健在か。崑崙丸がやられたときには、もういかんのじゃないかと思ったんだが」

おととしの秋の話である。だとすると桜井中佐は、それ以前に大陸に渡っていたことになる。

見た目ほどやかましい人物ではないらしい。長旅を続けてきた人恋しさも相俟《あいま》って、沢村は支那通にちがいない老中佐から、右も左もわからぬ満洲の知識を少しでも得ておこうと考えた。

「総司令部に行かれるのですか」

「そのつもりだ」

妙な答である。軍人は命令に順《したが》うばかりだから、「そのつもり」などという自由意思は聞いたためしもない。それとも中佐ともなれば相応の勝手が許されるのだろうか。

「自分は留守部隊長殿から口達命令を受けただけで、この先どうすればよいものやらわかりません。ご教示ねがえますか」

「不満そうだな」

「はい。ずいぶんいいかげんなものだと思いました」

中佐は苦笑した。一文字に結ばれていた口元が緩むと、あんがい好々爺《こうこうや》に見える。

「何でもかでも書面があるわけではない。たとえ口頭であっても、軍命は軍命だ」

「では、どうすればよろしいのでしょうか」

「そうだな。まず新京の総司令部を訪ねて、人事班に出頭せよ。申告は簡潔かつ明瞭に。班長が不在ならば先任将校、もしくは週番士官に言え。みだりに上の者を捉まえるな。総司令部の連中は気位が高い」

沢村は手帳に要領を書きこんだ。メモを取ることは習い性になっている。

「頭越しに物を言ってはならん、ということですね」

「さよう。将校の中に貴様より下はいない。上はいくらでもいる。そのあたりの自覚がないと、学徒将校は馬鹿にされるぞ」

「これまでにも、さんざ馬鹿にされてきました」

「内地の部隊ならばそれですむ。しかし外地では、司令部の肚ひとつでどこに飛ばされるかわからん。満洲は広いぞ」

大きな夕陽が地平に沈みかけていた。内地にはありえぬ風景に、沢村は手庇《てびさし》をかざして見惚《みと》れた。五月も末だというのに、車内は肌寒かった。

「貴様、視力はどれくらいだ」

「〇・三と〇・四であります」

「外していても見えぬわけではないな」

「はい。入浴時は外します」

「ならば、ふだんは外しておれ。その学徒面だけでも舐められる」

なるほど。士官学校出の将校に眼鏡は似合わない。入校時の制限もあるのだろうが、途中で視力が落ちた者も、見栄で眼鏡はかけないのだろう。揃いも揃った丸縁《まるぶち》の眼鏡顔といえば、主計か学徒に決まっている。

「ほれ、なかなかの面構えではないか」

「階級章が見えません。欠礼してしまいそうです」

「だから言っておるだろう。貴様の下はおらんのだ。将校と見たら敬礼すればよい。まったく、馬鹿か利口かわからんやつだな。大学はどこだ」

「東京帝大であります」

「学部は」

「法科です」

桜井中佐は顔をそむけて、夕陽に目を細めた。五十をいくらか出たほどであろうか。その年回りなら士官学校出にちがいない。満洲事変や支那事変はむろんのこと、さきの欧州大戦のころにはすでに任官していたかもしれない。きっと同期生には、閣下と呼ばれる人もいるのだろう。

秀でた鼻梁《びりょう》が、浅黒い顔に影を落としていた。

「そうか。悪い時代だな」

いったい何を考えていたやら、間の抜けたころに中佐はぽつりと呟いた。

北へ進むほどに、日本海はいよいよ荒れた。ひとけのない小駅にしばらく停まったのは、風を避けるためではなく、単線の下り列車を待ち合わせたのだった。

プラットホームにはこんもりと雪が積もっていた。やがて荒海の汀《みぎわ》に弧を描く線路の涯《は》てから、オレンジ色の気動車がやってきた。そっくりくるんで持ち帰りたいような光景だった。

「それほどふしぎな人には思えませんけれど」

私は話の合間に言った。戦争も軍人も知らないが、周囲から聞かされた多少の知識はある。父は本土決戦用の二等兵であり、母は女学生のまま軍需工場で働かされていた。

「ちょっと浮世離れしていたのですよ。昭和二十年の五月といえば、戦争も土壇場です。だから戦場にはなっていない満洲にも、緊張感はあったのですが、桜井中佐にはそういう雰囲気がなかった。私が親しく語り合えたのも、その雰囲気のおかげでした」

私の頭の中では、戦争や軍人が著しく類型化されていた。おそらく画一的に演出された、映画やドラマのせいだったのだろう。そうは言っても、体験者が作っていたのだから、いわば真実の類型化であるのだが。

桜井中佐の謹厳なイメージは、その類型に当てはまったので、私にはふしぎな人物とは思えなかった。しかし、「緊張感を欠く雰囲気」までは理解できない。

「食堂車で夕食をごちそうになりましてね。カツレツにビール。内地はずいぶん食料事情も悪くなっておりましたから、平和はいいものだなとしみじみ思いました」

訊ねられるままにあれこれ答えたが、桜井中佐は自分のこととなると、何ひとつ語らなかった。

「新京のずっと手前に、公主嶺という町があります。中佐はその駅で、ふいに列車を降りてしまいましてね。そこには独立守備隊の司令部があるので、何だ任地はここだったのかと思いました」

低くて広いプラットホームから答礼を返し、中佐は闇に歩みこんでしまった。まるで市電の停車場に降りて、一杯やりにゆくような気軽さだったと、沢村老人は言った。

「ところで、まさかこのまま缶詰じゃないでしょうね」

一向に発車しない列車を怪しんで、私は雪空を見上げた。ディーゼルエンジンは寒さに耐えるように、低い唸りを上げていた。

「急ぐ理由がないのに、気がせくというのは日本人の悪いところですよ」

沢村老人は鞄の中から煎餅と鯣《するめ》を取り出して私に勧めた。


新京は満洲国の首都である。

列車の到着は夜更けだったので、将校専用の偕行社に泊まり、翌朝総司令部に向かった。噂には聞いていたが、新京はこの世のものとは思われぬ巨大都市だった。何もかもが大きすぎて現実味を欠いていた。わけても関東軍総司令部は、三階建のビルディングの上に天守閣と角櫓《すみやぐら》を戴くという代物である。

桜井中佐に教えられた通り人事班を訪ね、班長が不在であったから、事務室の先任将校とおぼしき老頭児《ラオトウル》の中尉に着任の申告をした。いかにも兵隊から叩き上げた、軍隊のことなら知らぬものはないというふうな、温厚で剽軽《ひょうきん》な人物だった。

内地の鉄道事情と関釜連絡船の「潮待ち」で、行程は二日も余分にかかっている。どこかで油を売っていたと思われるのも癪なので、ていねいに説明をした。

しかし、中尉はあまり聞く耳を持たぬ様子で、「貴様が一番乗りだ」と言った。

「ええ、沢村、沢村。これか、沢村義人」

「はい、そうであります」

書類には大勢の転属将校の氏名が並んでいた。あらましは少尉と見習士官である。

「大動員で関東軍の総員は七十万を超えている。小隊長が足らんのだ」

内地も本土決戦のための大動員なのだから、満洲まで突き出されるのは学徒出身の即成将校にちがいない。名簿の中には予備士官学校の同期生の名もあった。

「おっつけ到着するだろうが、途中でそれらしい者に行き会わなかったか」

連絡船の中で、南京に向かう見習士官と同室した。関西訛《なま》りの強い、同志社の学生だった。

「よもや新京と南京をまちがえておるんじゃなかろうな」

「いいえ、行先は支那派遣軍の総司令部だと言っておりました」

満洲の新京と中支の南京をまちがえたら大変だ。中国大陸で迷子になってしまう。そんな間抜けはいないにしろ、沢村も口達命令を受領するまでは、関東軍総司令部は大連か旅順にあると思っていた。

「そういえば、奉天から中佐殿とご一緒しました」

階級順の名簿に桜井中佐の名は見当たらない。むろん同様の事情で動員をかけられたにせよ、少尉と中佐をひとからげにはするはずはなかった。

「名前は」

「桜井中佐殿であります」

中尉は坊主頭のうなじに後ろ手を組んで椅子の背を軋《きし》ませ、しばらく考えるふうをした。いくら何でも、関東軍の全将校の氏名を記憶しているわけはなかろうが、佐官級の異動なら数も知れているだろう。

「桜井中佐――知らんなあ」

「公主嶺で下車されました」

「だとすると、独立守備隊の司令部だな」

「関東軍付、とだけ言っておられました」

「そりゃおまえ、独立守備隊だって関東軍にはちがいないさ」

中尉は事務室を見渡して、山積みの書類に埋もれている下士官たちに、「桜井中佐」とだけ言った。あちこちから「知りません」という声だけが返ってきた。

関東軍の常備兵力がどのくらいかは知らぬが、総員七十万の大動員といえば、平時の帝国陸軍を二つこしらえるような話である。

いよいよ対ソ戦が始まるのかと思うと、これは十中八九、いや確実に死ぬという気分になった。七十万の兵員を掌握している人事班は大童《おおわらわ》なのである。

「よし。別命あるまで将校宿舎で待機せい」

「禁足でしょうか。満洲は初めてなので、見聞を広めておきたいと思うのですが」

「いや、外出はかまわん。ただしいつ任地が決定するかわからんから、朝夕は顔を見せてくれ」

外地とはこんなものか、と沢村は思った。いや、満洲というお国柄が鷹揚《おうよう》なのかもしれぬ。土地が広い分だけ時間まで間延びし、それに応じて人間の思考や行動も、緩慢になっているような気がした。ついでに、軍律も。

「見聞を広めるなら市電がいい。洋車《ヤンチョ》や輪力《りんりき》に乗るときは、前払いをしておかないと後から吹っかけられる」

中尉に手渡されたガリ刷りの市街図には、縦横に張りめぐらされた市電の路線が記されていた。赤鉛筆で○と×が記されている場所は、たぶん色街だろう。

将校宿舎の贅沢な寝台で朝寝をし、市電に乗って市内見物もしたが、色街に行く気にはなれなかった。

数日後に口達命令を受領した。第四軍の司令部は新京よりずっと北のチチハルにあるそうだ。遥かな町ではあるが、地図によるとそれでもまだ満洲のほぼ中心である。改めて大陸の広さに驚かされた。

やはり、いつ幾日までという参着時刻の指定はなかった。新京からハルビンまで四時間半、さらに浜洲線《ひんしゅう》に乗り換えて七時間、一日がかりの長旅である。ならば鈍行列車でのんびり行こうと思った。いや、沢村なりの理由はあった。大動員のせいで将校行李を提げた転属者が多い。急行の二等車に乗れば、きっとまたわけのわからぬ将校に話しかけられて、居眠りもままならぬだろう。

ところが、早朝六時三十分発の鈍行に乗ると、白いカバーをかけた二等車の座席に、あろうことか桜井中佐が腰をおろしていた。

彼に言われた通り、眼鏡を外して物入れに収《しま》っていたのがいけなかった。「やあ、また会ったな」と機先を制せられたのでは、背を向けるわけにもいかなかった。

車窓は霧に覆われており、景色といえば沿線のポプラ並木と、ときどき行き過ぎる鉄道守備隊のトーチカだけだった。

「チチハルの第四軍に向かいます」

このうえなく簡潔に言った。

「そうか。まだ先は長いな」

意味がわからずに訊き返した。桜井中佐は白一色の窓を見つめながら言った。

「第四軍の麾下《きか》には、三個師団と四個独立混成旅団がある。兵力は十万を下らんだろう」

つまり、こういうことだ。チチハルの第四軍司令部に出頭すれば、また数日間の待命ののちに、どこそこの師団か旅団の司令部に行けと、口頭で命じられる。そして、そこにたどり着けば、さらに奥地の聯隊か独立歩兵大隊の本部に行けと言われるのだろう。

「まあ、貴様ら学徒将校に基幹部隊の小隊長など務まらんから、鉄道どころか道路も通じていないような辺境の守備隊長だの、ゴビ砂漠か大興安嶺の監視廠だのが、落ち着き先だろう」

桜井中佐の顔色を窺うに、人をからかっているとは思えなかった。気の遠くなるような話である。ゴビ砂漠の砦だか大興安嶺の山奥だか知らんが、たくさんの口達命令に順ってそこに行き着くまでには、一ヵ月もかかりそうな気がした。

「一ヵ月？――そのくらいで参着できれば上出来だ。俺なんぞ、かれこれ二年もおのれの居場所を探し歩いている」

まさかそれは冗談だろう、と思うそばから、沢村は本当に気が遠くなった。しばらくの間、物も言えずに中佐の横顔を見つめた。

満洲の霧が端正な面ざしを白く染めている。

「桜井中佐殿は、今どこに向かわれているのでありますか」

質問が癇に障ったらしく、中佐は横目で沢村を睨みつけた。

「憲兵のような言いぐさだな。三ン下の学徒将校に詰問されるいわれはないぞ」

沢村は身を乗り出した。軍刀の鍔《つば》と鍔がぶつかった。

「お答え下さい。チチハルの軍司令部に行かれるのですか」

「チチハルには行くが、司令部に用事はない。ロシア人の知った女がおる」

「公主嶺の独立守備隊にも、用事はなかったのですか。満人の知った女でもいたのでありますか」

「こら、声が大きいぞ。女がどうしただのと、人聞きが悪いではないか。公主嶺の部隊長は士官学校の後輩だ。汽車旅はくたびれるので、思いついて訪ねる気になった。路銀も乏しくなったからな」

「路銀、ですって?」

沢村は呆《あき》れ果てて身を引いた。三ン下よばわりされた怒りも冷めてしまった。

「おいおい。まさか金の無心をしたわけではないぞ。北京から来たので、儲備券《ちょびけん》しか持っていなかった。日本円に両替してもらったのだ」

儲備券とは、中国儲備銀行の発行する紙幣である。日本円はどこでも通用するが、満洲国内では儲備券が使えぬのだろう。

それはそれでよい。聞き捨てならないのは「北京から来た」という一言である。満洲は関東軍、北京は北支派遣軍の所轄なのだから、万里の長城を挟んだ転属は大本営命令でなければならない。まさか陸軍大学校出の参謀殿でもあるまいし、ありえぬ話だと思った。

だとすると、結論はひとつしかなかった。

「任地にたどり着けないのではなく、行くつもりがないのですね」

老いたりとはいえ、士官学校出身の職業軍人なのである。学問のなかばで軍隊に引っぱられた理不尽、わけても特攻隊を志願した仲間たちの無念を思えば、怒りがぶり返して軍刀の柄《つか》を握る手が震えた。

「中佐殿は脱走兵であります」

沢村はきっぱりと言った。

「貴様、帝大の法科だと言っていたな。ならば一丁上がりの即成少尉でも、陸軍刑法ぐらいは諳《そら》んじているだろう」

轍《わだち》の響きが曠野《あらの》の霧にくぐもっている。沢村は目を閉じて、「第七章逃亡の罪」を淀みなく唱えた。

第七十五条。故《ゆえ》ナク職役ヲ離レ又ハ職役ニ就カサル者ハ左ノ区別ニ従《したが》テ処断ス。

一、敵前ナルトキハ死刑、無期若《もし》ハ五年以上ノ懲役又ハ禁錮《きんこ》ニ処ス。

「今さら申し上げるまでもなく、支那派遣軍は交戦中であり、関東軍は匪賊《ひぞく》と戦いつつソ連軍に対峙しております。よって、桜井中佐殿は本条項に該当いたします」

中佐は窓際に吊ってあった水筒を手に取り、蓋《ふた》を回してぐびりと飲んだ。白酒《パイジュウ》の甘い香りが漂ってきた。

「飲《や》るか」

「真剣にお聞き下さい。親友が何人も、特攻で死んだのです。帝大や美術学校の学生です。自分も死にます。辺境の守備隊長になって、ソ連が攻めてきたらひとたまりもありません。ですから中佐殿も、もうこんな情けない真似はおやめ下さい。そうでなければ――」

死んだやつが浮かばれない。死んでも死にきれない。恨みを呑んで死にたくない。そうした言葉が選びきれなくなって、沢村は唇を引き結んだ。

白酒を飲みながら桜井中佐は言った。

「では、未来の法律家にお訊ねしよう。逃亡の定義とは何か」

「それは条文にある通り、ゆえなく職役を離れ、または職役に就かざる者、であります」

「ならば本官は該当しない。現在も命令に順い、鋭意専心、任地に向かっている」

何を馬鹿な――と言いかけて、沢村は口を噤《つぐ》んだ。倫理はともかくとして、法理は中佐に分があると思ったのだった。

参着の日時が指定されていないのである。内地からの交通がままならぬうえ、関東軍は大動員で混乱している。赴任する将校に参着日時など言えるはずはない。

つまり何ヵ月かかろうが何年かかろうが、当人に部隊を追及している意志さえあれば、逃亡とする法的根拠はないことになる。ましてや命令は口達なのである。

鈍行列車は「哈拉哈」という小駅に停まった。ローマ字で「ＨＡＲＡＨＡ」と書かれていなければ、読みようもなかった。ロシア語なのかモンゴル語なのか、ともかく支那語由来の地名ではあるまい。

その駅で行きちがった上りの列車は、兵員を満載していた。対ソ戦に備えて後方に退《さ》がるか、入れ替えられる部隊なのであろう。七十万の関東軍が攪拌《かくはん》されているのである。

たしかにこんな状況では、任地にたどり着けるかどうかも怪しいものだ。

立ちこめる霧の中に、行くえも知れぬ列車の尾灯が、いつまでも消え残っていた。

海風がいくらかおさまるのを待っていたのだろうか、私たちの乗る列車はディーゼルの唸りを上げて、ようやく走り出した。

日本海は荒れている。

「満洲の汽車に較べたら、ゆりかごみたいなものです」

沢村老人は鰑をかじりながら、閑《のど》かに言った。

「チチハルの軍司令部に到着しましたら、申告をおえたとたん、ハイラルの百十九師団に行けと命じられましてね。それも何だか、人事係の将校がその場でいいかげんに決めたみたいに聞こえた。ハイラルといったら、大興安嶺を超えたその先ですよ。満洲里からはシベリア鉄道に繋《つな》がっていて、平和な時代ならパリまで行けるんです」

終戦のわずか二ヵ月半前である。だが、むろん誰もそんなことは知らない。かつて日本人が経験したためしのない、長くてあわただしい夏が始まろうとしていた。

「日本が敗けると思っていましたか」

素朴な質問をした。それは戦争を知らない私たちの、等しい関心事であったと言っていい。敗けるとわかっている戦争を続けることは無意味であるし、終戦の間際に原爆の投下やソ連の参戦によって、大きな悲劇がもたらされたのである。

「そうだねえ」と、沢村老人は鰑をくわえたまま網棚を見上げた。見聞きしたことなら記憶に刻まれるが、折々の心を思い返すのは難しいのだろう。

「少くとも満洲では、終戦だの敗戦だのと考える人はいなかったんじゃないでしょうか。空襲もないし、食料事情も内地ほど切迫してはいなかったし、ソ連が攻めこんでくるという噂はありましたが、何ぞ怖れん我に無敵関東軍あり、というような雰囲気でした。そんな具合だから、私も東京が一面の焼け野が原だなんて、とうてい口に出して言えませんでしたよ。ただし、上のほうは事情がだいたいわかっているから、将校人事は大混乱なのです。私みたいな補充の少尉なんて、到着した順にどんどん出して行くんですわ。しょせん員数《いんずう》合わせの消耗品なのですから」

思い出すだに不愉快な話だろうに、沢村老人は酒を酌《く》みながら、他人事《ひとごと》のように笑った。ともかく今は、こうして気儘《きまま》な一人旅を楽しんでいるのである。

「それでも、命令は命令なんだから仕方ありませんや。さっさとハイラルに行こうと思って軍司令部を出ますと、ポプラの木の下に折敷いて、饅頭《マントウ》だかピロシキだかをのんびり食っている将校がいた。どうにも見覚えのある顔なので声をかけたら、前橋の予備士官学校の同期だったのです。兵科がちがったのでよくは知らない男なんですがね。これからハイラルに行くと言ったとたん、大笑いされました」

沢村老人の顔が、笑うたびに若やいでゆくように思えた。まだ体になじまぬ真新しい軍服を着て、ポプラの根方でピロシキを頬張る二人の将校の姿も思いうかんだ。たぶん、二十一か二。運命を嘆く年齢ではない。

「ええと、名前は飛車角の角に田圃《たんぼ》の田なんだが、カクタだかカドタだか、スミダだかツノダだか忘れました。やつは任官前の見習士官のころ関東軍に出たのですが、さんざたらい回しにされたあげく、自分が隊長になるはずの砲兵隊を見失ってしまった。対戦車用の速射砲は、車載や駄載で分解搬送するから移動が早いんです。どうやら東満の国境にいるらしいのだが、正確な位置がわからない。そこで、カクタだかカドタは第四軍の軍司令部に出頭して、所在地を確認しようとしたのですが、待てど暮らせど返答がないから、もう何ヵ月もチチハルでぶらぶらしているという話でした。そんな見習士官にも、いずこからともなく辞令が届いて、陸軍少尉に任官したというのですから、軍隊とはふしぎなものです」

その若い将校の自虐的な高笑いが、耳に聞こえたような気がした。

重い鞄を提げ、軍刀を曳いてハイラルに向かうという沢村少尉が、何ヵ月か前の自分の姿に見えたのだろう。そこに行ったところで、師団司令部は学徒将校の任地ではなく、長い旅路のふりだしなのである。

「しばらくゆっくりしていったらどうだ、チチハルはいい町だぞ、と誘われました。懐《ふところ》が温いのなら、ピー屋に居続けていたってわかりゃしない。もし咎《とが》められたら、待命中に英気を養っております、と開き直ればいいそうです。まさかそこまでの度胸はありませんでしたが、この男ならばかまうまいと思って、桜井中佐の話をしたのですよ。そしたら、カクタだかカドタは賢《さか》しげな顔をかしげましてね。へえ、中佐ねえ、もっとも大佐は聯隊長で少佐は大隊長だが、中佐という階級には頭数《あたまかず》分の役職がないからなあ、余っちまってるんじゃあないのか。そりゃ君、きっとサクライ中佐じゃなくって、サスライ中佐だよ——そう言ってまたげらげらと大笑いしましたっけ」

さすらい中佐。二年も放浪しているのなら、たとえ陸軍刑法に反してはいなくても、さすがに本名は名乗りづらいのかもしれない。

あるいは見かけに寄らぬ剽軽者で、「さすらい中佐」という洒落《しゃれ》を、沢村少尉が勝手に聞きちがえたとも思えた。

関東軍の総兵力が七十万ならば、将校も何万人といたはずである。来たるべき対ソ戦に備えて、部隊は配置を替え、指揮官も入れ替わる。もしかしたら、人類史上最大の人事異動であったかもしれない。

「しかし、二年もぶらぶらしているというのは、いくら何でもまずいでしょう」

たぶん大げさに話しているのだろうと思って、私は問い質《ただ》した。

「たしかに、にわかには信じられん話ですね。のちのち考えてみたのですが、関東軍は開戦当初から既存の兵力をどんどん抜かれて、再編成をくり返していたのです。やがて兵隊は召集兵ばかりになり、将校も私のような学徒上がりや、桜井中佐のような予備役の年寄りになってしまった。いわば、ほとんどが勝手を知らないアルバイトか、逆に知り尽くしている再雇用のベテランですわ。迷子にもなるし、迷子になったふりもします」

「生活が成り立たないでしょう」

「いえ、そこがまた軍隊のふしぎでしてね。軍刀を提げて長靴《ちょうか》をはいていれば、どこの部隊でも飯を食わしてくれるし、泊めてもくれる。汽車は乗り放題で、司令部の会計班に行って事情をでっち上げれば、給料だって貰えます。孔子や孟子の顔を描いた満洲紙幣ですけれど、日本円と等価でわかりやすいし、何だって買えました」

沢村老人の饒舌《じょうぜつ》は楽しげだった。つまり、彼もそうした体験をしたのである。

話の続きを始める前に、沢村老人は笑顔をとざして悲しいことを言った。

「ツノダだかカクタだかは、ぼちぼち東満の砲兵隊に行くと言っておりましたから、だめだったでしょうな。ソ連軍はまっさきにウスリー河を渡って攻めてきました。国境の部隊は全滅です」

風はいくらか収まったようである。黒ぐろとしたうねりの果てに、夕映えの色をたたえた水平線が望まれた。


チチハルからハイラルまでは五百キロ、朝七時の汽車に乗って、到着は二十三時だと駅員は言った。

角田少尉に誘われるまま、将校宿舎で痛飲した白酒がまだ体に残っていた。あれこれ物を考えたくはなかった。

「それも、順調に運行すればの話です。このごろは石炭が悪くて、興安嶺越えで往生することもたびたびです」

こう見えても若い時分は機関士だったのだと、老いた駅員は自慢げに言った。

チチハルの空はさえざえと晴れていた。

「やあ、よく出くわすなあ」

よもやと思って振り返ると、桜井中佐が将校行李を提げて佇んでいた。駅員は直立不動の敬礼をした。

「で、どこに飛ばされるのだ」

ハイラルの師団司令部に行きますと答えて、沢村は長靴の足元に置かれた中佐の荷物を目で探った。どこかに本名が書いてありはしないかと思ったのだった。

「次の上《のぼ》りは何時だね」

と、中佐は駅員に訊ねた。

「ハッ、行先はどちらでしょうか」

「どこでもよい」

「どこでも、と言われましても――」

中佐の機嫌を損ねたとでも思ったのだろうか、駅員は改札口に吊られた案内板を指さして、おそるおそる答えた。

「平斉《へいさい》線の四平街行きが八時八分、浜洲線のハルビン行きは十四時までありません」

「ハルビンか。それも悪くはないが、ちと間があるな」

「方向がまるでちがいますが」

当然の疑問である。しかし桜井中佐はいささかもたじろがずに答えた。

「総司令部の巡察だ」

うまい嘘に感心した。そんな任務があるとは思えないが、桜井中佐の悠揚迫らざる貫禄は、そうと言われて疑いようもない。

「ご無礼いたしました」と、駅員は敬礼をして立ち去った。

「沢村少尉、といったな」

「はい、沢村であります」

「貴様、もうしばらく俺に付き合え」

「列車が参りますまでなら」

「話のわからん男だな」

中佐は舌打ちをして、沢村の略帽のてっぺんから長靴の爪先までを、しげしげと眺めた。

どこから移動してきたのだろうか、補充兵と見える一個小隊ばかりが改札口を出てきた。引率しているのは髯面《ひげづら》の曹長だが、兵隊たちはいかにも根こそぎ動員されたらしい老兵ばかりだった。

「歩調を取れ、頭《かしら》ァ右！」

中佐に気付いて、曹長が号令をかけた。兵隊たちはうろたえながら、とにもかくにも歩調を合わせて、二人の前を通り過ぎた。

「ごくろう」と中佐は挙手の礼で応じた。

とうてい満洲のはぐれ者とは思えない。前線を視察する参謀か、新任の聯隊長か、総司令官の密命を帯びた副官だと聞けば、誰もが納得する。いったいこの自信はどうしたことだろうと沢村は思った。

「ハイラルに行く必要はなし。当分の間、本官に同行せよ」

「そうは言われましても――」

「命令だ。後日もし咎められたなら、命令に順ったまでだと言えばよい。それとも何か、貴様。木ッ端《こっぱ》将校の口達命令は聞けても、陸軍中佐の命令には順えんとでもいうのか」

まさかそんな命令を復唱するわけにもいかない。

そらとぼけて目をそらした。チチハルの駅頭は初夏の光に満ちていた。


「私を卑怯者と思いますか」

沢村老人は眼鏡に息を吹きかけ、煤けた色のマフラーで拭いながら言った。

話はこれで終わったのだと知った。つまり、それから終戦までの二ヵ月半を要約すれば、その一言になるのである。

「わかりません」

ほかに答えようはない。沢村老人は満足げにひとつ肯《うなず》いた。

「適切な判決です。法廷ではありえませんけれど」

錦の残闕《ざんけつ》を水平線に延べたまま、海は昏れようとしていた。

「この路線は初めてですか」

沢村老人は車窓の風景に目を凝らしたまま訊ねた。この路線どころか、私は日本海を見たのもその旅が初めてだった。

「ああ、そうでしたか。だとしたら運が悪い。天候がよければ、水平線に沈む夕陽を見ることができたのに」

少し考えてから思い当たった。太平洋しか知らぬ私は、当然のことながら海に沈む夕陽を見たためしがなかった。いや、太陽は水平線から昇るものだとばかり思っていた。

沢村老人は古ぼけた地図を開いて、眼鏡をかしげながらしばらく眺めていたが、ふと思いついたように、「次の駅で降ります。お騒がせしました」と言った。

やがて停車した小駅は鄙《ひな》びた漁村で、何があるとも思えなかった。

二両の気動車が動き出すまで、沢村老人は踏跡もない雪のプラットホームに佇んでいた。窓を開けようとすると、寒いからおよしなさいと身振りで言った。

私は会釈をし、老人は少しお道化た敬礼を返した。「さすりびと」という言葉が思い出された。

心配をする者は持ちません。どこかでふいに、おしまいになればいいと思っています――。

車窓から姿が消えるとじきに、嗄《しわが》れた声が胸に甦《よみがえ》った。

真夜中の奉天駅で桜井中佐と別れた。

窓枠に縋《すが》りつくようにして身をこごめても、低いプラットホームに立つ中佐の顔は目の下にあった。

「戦が終わるまで迷子になっておれ」

そう命令して沢村の肩を押さえ、中佐は汽車から降りてしまったのだった。

油煙が沢村の瞳を刺した。発車のベルが鳴り響き、駅員がメガホンで見送り客の下車をせかした。

「本当のお名前をお聞かせ下さい」

中佐は名札のない将校行李を足元に置いたまま、答えようとはしなかった。

「ならば自分も、今から桜井少尉と名乗ります」

やはり図星だったのだろうか。中佐は考えるふうもせずに「よし」と答えた。

それから、唇だけで何かを言った。無言の声はくり返されるうちに、「死ぬなよ」と読めた。

その命令のありがたさに、沢村は軍服の袖を瞼に当てて泣いた。

「中佐殿も、死なんで下さい」

声に出してそう言うと、中佐は少しあたりを憚《はばか》ってから、きっぱりと顎を振った。

死にはしないが、もう日本には帰らんよ、と言っているように思えた。

汽車が動き出した。沢村は窓から身を乗り出して敬礼をした。とたんに目を疑った。中佐は答礼をせず、略帽を脱ぎ腰をきっかりと折って、半白の坊主頭を深々と下げたのだった。

お国にかわって詫《わ》びてくれた人がいるのだから、学問を奪われた恨みも友を喪《うしな》った悲しみも、すべて忘れようと沢村は誓った。

そして、この先どれほど辱《はずかし》められようと飢え渇しようと、声にすらならなかった最後の口達命令だけは、全うしなければならない。

やがて奉天の街の灯が大遼河の向こう岸に消え、夜空は星に満ちた。

ブルー・ブルー・スカイ

1

時間が止まった。

少くとも一分、もしかしたら十五分かそこいら、戸倉幸一は座りごこちの悪いスタンド・チェアの上で背中を丸め、ただぼんやりと、古めかしいポーカー・マシンの画面を見つめていた。

やがて不機嫌な蛍光灯が頭上で瞬き始め、エアコンの唸り声が甦った。場末のグロサリー・ストアである。マシンは非常を告げる赤ランプを点滅させ、なおかつ火事でも重大なトラブルでもない証拠に、陽気な電子音で唄い続けていた。

"I want money, I need money!"
金が欲しい。金をよこせ。たしかブロードウェイ・ミュージカル「42番街《フォーティ・セカンド・ストリート》」の中の一曲である。こうした場合でもユーモアとウイットを忘れぬアメリカ人のセンスに、幸一はいたく感心した。
"I want money, I need money!"
マシンは唄い続ける。しかもメロディーに合わせて、ハートのジャックがウィンクをする。
ところで、「こうした場合」とはどういう場合なのだろうと、幸一は考え直した。どうもこうも、アメリカ人のセンスに感心している場合ではないらしい。大通り《ストリップ》のカジノで丸裸《ストリップ》にされた。日本語で言うなら、尾羽うち枯らし、尻の毛まで抜かれ、完膚なきまでに打ちのめされた。
ついに力尽き、懐もあらまし尽きて、ベラージオのエントランスからタクシーに乗ったのが、たぶん午前六時ごろ。朝日が眩しかった。そうした経緯を思い起こせば、けっして夢ではない。
こんなことになるんだったら、どうしてはなからベラージオに泊まらなかったのだろうと後悔しながら、一泊朝食付き三十九ドルの場末のモーテルに向かい、少し手前の交叉点でタクシーを捨てた。

四ツ角のグロサリー・ストアが朝早くから開いていた。モーテルの朝食にはあきあきしていたので、ピザでも買って帰ろうと思ったのだった。そしてピザを買う前に、レジスターの脇に並んでいた五台のポーカー・マシンのうちの一台に向き合って、なけなしの百ドル札を入れた。

一晩で五千ドルも負けた朝に、どうしてそんなことをしたのかは自分でもよくわからない。しいて言うなら、五千ドルを食わせたメガ・リゾートの嘘くさいデジタル・マシンに較べて、ブラウン管の画像がいくらか歪んだ旧式のそれらが、善良な人々のように思えたのだった。

勝負をする気などさらさらなかった。ピザを買うついでに喜捨でもするつもりで、座りごこちの悪いスタンド・チェアに腰を下ろしたのだった。

ワン・コインが五ドルという、たぶんこのマシンではかつてなかったであろうレートを選択し、一夜の習い性でフル・ベット、つまり二十五ドルを賭けてボタンを押したところ、ハートの絵柄が四枚並んだ。しかし五千ドルを失った徹夜明けの頭が、まさかロイヤル・ストレート・フラッシュの奇跡を希《ねが》うはずはなく、「ハートのフラッシュならピザ・パイがタダになる」と考えたくらいだった。

そのつもりで一枚をチェンジしたとたん、ハートのジャックがウィンクをし、マシンは停止し、非常を告げる赤ランプが点灯して「42番街」のステージが華やかに開幕した、というわけである。

「I want money, I need money――ホワッツ・ハプン?」

カウボーイ・ハットを冠《かぶ》り、真白なナマズ髭を生やした老店主が、唄いながらカウンターを出てきた。

幸一の背うしろに佇んだまま、どうやら彼の時間も止まってしまったらしい。

スモーク・ガラスの向こうには、いつに変わらぬ風景があった。交叉点の対岸は閉店したまま荒れるにまかせたレストランで、ほかに建物はなく、不法投棄されたゴミや瓦礫の先は砂漠だった。空港と市街地を結ぶルートからは外れているので、行き交う車も疎《まば》らである。

そもそもこんな場所に、朝っぱらから店を開けていることがふしぎに思えた。アメリカ大陸では、ドライバーの給水地点のようなグロサリー・ストアが、あんがい商売になるのだろうか。それとも店主の年齢から察するに、潰しそこねている、というところか。

真夏の陽光が色のない風景を灼き始めている。気温が四十度を超えれば、モーテルまで歩くのも一苦労だろう。

ところで、さしあたっての問題といえば、この不測の事態を無事に解決するための、コミュニケーションをかわす自信がないことである。

ようやく物を考え始めた戸倉幸一は、四十六歳高校卒、海外渡航歴といえば過去数度のラスベガスとマカオ、つまりギャンブルに必要なカジノ用語が、英会話能力のすべてだった。

勤続二十八年に及ぶ会社は業界中の大手と言える安定企業だが、なにしろ納豆の製造販売の大手であるから、外国どころか、西日本にすら取引先はなかった。

年齢相応に中学生か高校生の子供でもいれば、いくらかは英語を学ぼうという意欲も湧くのだろうけれど、マメで元気な母親との二人暮らしでは、英語どころか女房を貰おうという意欲さえ欠いているのである。

「ええと、ディス・イズ・ビッグ・ヒット、ですよね。ハウ・マッチ、いくらになるんでしょう」

幸一は立ちすくんだままの老店主を振り返って訊ねた。これがベラージオのカジノならば、要領をわきまえたスタッフが「コングラッチレーション！」と叫びながら駆けつけてきて、トランシーバーでピットと連絡を取りながら、迅速かつ公平に処理をしてくれる。

だが、不幸なことにここは、一万平方メートルのカジノではなく、賞味期限などくそくらえの食料品を、歯ブラシやレザーやコンドームと一緒くたに並べた、せいぜい十坪のグロサリー・ストアだった。むろん、七十の先は勘定をやめたと思える老カウボーイが、日本語を解するはずはない。しかも、彼の様子から察するに、これはおそらく一九七〇年代の開店以来、初のビッグ・ヒットであるにちがいなかった。

少くとも一分、もしかしたら十五分かそこいら石になったあとで、老店主は突然、呪縛から解き放たれたように踊り始めた。

「アイ・ウォント・マネー、アイ・ニード・マネー、ラッラーラ、ララッララー、ララ、ラッラララー」

幸一と同様、歌詞は頭のフレーズしか知らないらしい。続きはハミングになり、ウェスタン・ブーツを鳴らしてステップを踏み、幸一の背中を力まかせに叩く。

とりあえず抱き合って踊ったあと、老カウボーイと休暇中の納豆売りは我に返った。

「ディス・イズ・4000《フォー・サウザンド》ダラーズ？」

画面の上に、4000という数字が示されていた。四千ドル。この五日間の負け分には及びもつかぬが、快挙である。

「ノー」

店主は深刻な、いかにも「そうじゃない」と言下に否定する感じで言った。

「え？　400《フォー・ハンドレッド》ダラーズ？」

「ノォー。トゥエニー・サウザン・ダラーズ」

厳《おご》かに、まるでご託宣のように老店主は言った。そう言うそばから、唇が真白なナマズ髭もろともに、ぶるぶると震えた。

二万ドル。きょう現在の円相場がいくらだかは知らないが、二百万円の上はチップに置いてゆこうと幸一は思った。

そう。4000という表示は金額ではなく、ポイントなのである。つまり、ワンベットに五ドルのハイ・レートを選択したのだから、4000×5＝20000ということになるのだ。

ベラージオやヴェネツィアンでは珍しくもない話なのだろうが、十ドル以上の商品がありそうもないこの店で、いったい二万ドルの賞金はどのように支払われるのだろう。まさか店主が、「うそんこだよ」とは言うまいが。

幸一は深呼吸をして、みごとに並んだロイヤル・ストレート・フラッシュの絵柄と、左右に並ぶ五台のポーカー・マシンを見渡した。けっしておもちゃでもサンプルでもない。店主の興奮ぶりも、ジョークではあるまい。

「ええと、アイ・ニード・マネー。キャッシュ・アウトして下さい」

おそるおそる、身ぶり手ぶりをまじえて言った。店主の答えは早口で、いくつかの単語しか拾えなかった。「カーム・ダウン」「オール・ライト」「ノー・プロブレム」。

そう言われても、興奮しているのは自分よりも店主のほうだし、この状況がオール・ライトだとも、ノー・プロブレムだとも思えなかった。

店主はどこぞに電話を入れた。たぶんこのマシンをレンタルしている胴元の事務所か何かなのだろうが、まだ朝の七時前なのだから、連絡が取れなくても当然だろう。

「オー、アイム・ソーリー……」

その後は何を言っているのか、さっぱりわからない。老店主が申しわけなさげに語れば語るほど、二万ドルの大金がうやむやにされてしまいそうな気がしてきた。

そこで一計を案じ、ウェスト・ポーチからパスポートを取り出して、切実な嘘をついた。

「あの、どうか、ハリー・アップ・プリーズ。アイ・マスト・ビー・バック・ジャパン……ええと、トゥナイト・フライト、リターン・トゥ・ジャパン。ともかく、今すぐ、アイ・ウォント・マネー、プリーズ・ハリー・アップ」

オー、と店主はかぶりを振りながら両手を挙げた。すぐに金をよこせ、という意思は通じたらしい。

帰国はあさっての午前便である。まだ余裕はあるが、アメリカ人があんがいノロマだということは知っている。今夜の便で帰ると言えば、少しは急いでくれるだろう。

「ジャスト・モーメント。プリーズ・カーム・ダウン」

老店主はそう言って、ナマズ髭をわさわさとこすりながら、しばらく考えるふうをした。

「ハリー・アップ。お願いしますよ、チップははずむから」

たぶん誠実な人柄なのだろう。店主は相変わらず「オール・ライト」だの「ノー・プロブレム」だのと呟きながら、あちこちに電話を入れた。胴元の事務所とは連絡が取れないが、知り合いのカジノ従業員にでも知恵を借りているのだろう。

ふと、レジスターのうしろの棚に飾られている、一枚の写真が目に留まった。スモーク・ガラスのやわらかな陽を背にしてほほえむ、老女の肖像である。

「あの、アイム・ソーリー。そんなに急がなくていいよ」

幸一はたちまち嘘を悔いた。胴元と連絡がつくまで、ここで待っていればいいだけの話だと思った。だが、嘘を取り返すだけの英語は知らなかった。

このグロサリー・ストアの来歴が見えてしまったのである。

まだシナトラもエルヴィスも唄っていたころ、夫婦はラスベガスの場末の交叉点に、この店を開いた。当時はローカルなカジノや、何軒ものモーテルが近くにあったのかもしれない。夫婦はアルバイトも雇わずにせっせと働いた。ときには夫が売上をシーザース・パレスのポーカー・マシンに食わせて、夫婦喧嘩になった。一粒種の倅は巨大カジノのピット・ボス。ブラック・スーツがよく似合う男前だろう。電話で知恵を借りているのは、その倅だろうか。

潰しそこねたのではなく、閉める気になれないのだ。途方もない想像だが、幸一はまるで見てきたように、そう確信したのだった。

写真を見つめる幸一の視線に気付くと、老店主は満面の照れ笑いをした。とびきりの美人で、そりゃもうベガスで一番のいい女だったと、悲しい自慢をしているらしい。

「あの、急がなくていいです。アイ・アム・ウェイティング・ヒア。ドント・ハリー・アップ」

思いつきの英語は通じなかった。いやそれどころか、店主は聞く耳持たずに、自分がなすべきこれからの行動を、早口でまくしたてた。

ピット・ボスの倅の指示かどうかは知らないが、およそこういうことであるらしい。

電話は通じないけれど、ダウンタウンの事務所は二十四時間営業で、誰かしらがいるはずだ。きっと居眠りをしているか、コーヒーでも買いに出ているのだろう。だから、俺はこれから一ッ走りして金を取ってくる。パスポートのコピーはあるか。納税者番号《T・I・N》のシリアル・ナンバーも。

「ウェイト・ヒア。ハーフ・アン・アワー」

と、老店主は子供に言って聞かせるように、幸一の顔の前で人差指を振った。

「えっ、えっ、ジャスト・モーメン。ひとりにするなよ」

パスポートと免税ナンバーのコピーを手渡したはよいものの、この年寄りがたった三十分でダウンタウンを往復し、二万ドルの大金を持ち帰ってくるとはとうてい思えなかった。

「ええと、そりゃまずい。ウィズ・ミー、トゥゲザー、オーケー?」

「ノォーウ」

店主は赤ランプを点滅させるマシンを指さした。ビッグ・ヒットが出たとき、当事者がマシンのそばをけっして離れてはならないのは、カジノの大原則である。もしトイレに行っている間に、運ばれてきた現金が他人の手に渡ったらどうする。ハンバーガー・ショップで「一分待て」と言われても、十分かかるのはアメリカの常識だ。だとすると、「三十分」はたぶん半日かかると思う。

「ムリ、ムリ、店番はムリ」

なぜかこの日本語は通じた。「ノー・プロブレム」とほほえみながら、老店主はレジスターをロックし、「CLOSED」の看板を持って店から出た。

「ちょ、ちょっと待ってくれ」

ドアごしに、「鍵をかけろ」と店主は身ぶりで命じた。店番をするのではなく、店を閉めてしまうのなら、まあわからんでもない。

膝が悪いのだろうか、店主は片脚を曳《ひ》いてよろめきながら、開店以来の愛車とおぼしきヒラメのようなオールズモビルに乗りこみ、ダウンタウンめざして走り去ってしまった。

外気温はすでに四十度の上、湿度は限りなくゼロに近いだろう。エアコンは不愉快な音を立てており、マシンは陽気に唄い続けていた。

“I want money, I need money!”

これまでの人生の中で、こんな孤独はあっただろうかと、戸倉幸一は荒寥たる風景を眺めながら考えた。

おいおい、ほんとにノー・プロブレムなのか？

2

おふくろがサミュエルと名付けたのは、サミー・デイヴィス・ジュニアの熱狂的なファンだったからだ。

一生涯、「サム」だの「サミー」だのと呼び続けていたかったから。ただ、それだけ。

俺が病院の救急室に駆けつけたとき、おふくろはほとんど死んでいた。医師や看護師の表情から、はっきりそうとわかった。ＡＥＤも心臓マッサージも、もう終わっているみたいだった。つまり昔ならば、カソリックかプロテスタントかと訊ねられて、おふくろの生き死ににかかわらず、神父か牧師が引導を渡すシーンだった。

「愛してるわ、私のサミー」

俺の手を握って、おふくろは言った。酸素マスクをかけていても、はっきり聞き取れた。医者はびっくりして、もういっぺんＡＥＤをぶちかまそうとしたが、俺は体よく断わった。「安らかに《ピースフリー》」とひとこと告げた。それでおふくろは、俺の手を握ったまま息を止めた。

俺が殺したか。心臓のファースト・アタックなんだから、あのときもう一発ＡＥＤをくらわせりゃ、息を吹き返したかもしれない。

殺したいほど憎んだのはたしかだった。「愛してるわ、私のサミー」というラスト・メッセージが、俺に対してではなく、サミー・デイヴィス・ジュニアに向けられたものだと、はっきりわかったからだ。

サミーのダミーか。フン、洒落にもならねえや。

もっとも、おふくろがただのファンだったわけじゃない。若い時分はシーザース・パレスのバック・コーラスをやっていた。たぶん一度や二度は、本物のサミーのうしろで、唄ったり踊ったりしたこともあっただろう。それだけだって一生の自慢話なのに、まるでてめえの男みたいに吹かしやがるから、友達もいなくなった。

酔っ払って調子に乗ると、サミーとのロマンスをでっち上げるどころか、この俺がサミー・デイヴィス・ジュニア・ジュニアみたいな言い方をした。

あいにく俺はチビでもねえし、顎がしゃくれてもいねえ。歌もダンスもからっきしだ。似ているのは肌の色だけ。

本当のおやじは顔も知らない。アパートメントの大家の話によると、おふくろよりだいぶ齢上の空軍の下士官で、週末になるとネリス基地から通ってきていたそうだが、退役したとたん煙のように消えてしまったらしい。アパートメントには、腹の膨れたコーラス・ガールと、質札の山が残されていたという寸法だ。

たぶんそいつは、ギャンブルはへたくそで、歌もダンスもからっきしだったろうから、まちがったってパイロットじゃない。日がな一日、輸送機のボディを磨いているか、食堂の飯でも作っていたんだろう。で、ファントムのパイロットだとか何とかホラを吹いて、頭の足らないコーラス・ガールをたらしこみ、ガキまでこしらえて行方をくらました。ま、サミー・デイヴィス・ジュニアとのロマンスよりも、よっぽどありそうな話だ。

ステージを下りてからのおふくろは、しばらくカクテル・ガールで食いつなぎ、アルコール中毒とギャンブル依存症のろくでなしどもを何人も養ったあげく、しまいにはチップにもありつけぬトロピカーナの清掃係になって、カジノの片隅でファースト・アタックに見舞われた。

今さらおふくろのことなんかどうでもいい。ともかく何でもいいから腹に入れねえと、こっちがどうにかなりそうだ。

ポンコツのガソリンが切れるのが先か、それとも気を失うのが先か。どっちにしろ、ガス欠の車の中でミイラになる。こんな人生の結末なんて、考えたためしもなかったんだがな。

あ、いけねえ。気を失ってた。トレーラーにクラクションを鳴らされて目が覚め、あわてて路側に車を止めた。

せめてエアコンを入れようか。いやいや、エディのガン・ショップまでは二十マイルもあるから、ガソリンは少しでも節約しなくちゃ。

このコルト・ガバメントは、俺に残されたたったひとつの財産だった。まだおふくろが達者だったころ、こつこつと金を貯めて買った。ガンを持つのはガキの時分からの夢だった。ちょっと旧式だが、「ガバメント」の通称は、長いこと軍隊の制式拳銃だったからだ。何度もエディの店に通いつめて、買うならこれだと決めていた。

四十五口径のオートマチックで、見た目も美しい。おやじもきっと、朝鮮戦争《コリアン・ウォー》に従軍したときには、こいつをひっさげていたんだろう。

タマは持たないほうがいい、とエディは言った。俺が危ない若僧に見えたわけじゃないと思う。テレビドラマでは毎週殺人事件が起きるが、ベガスは全米で最も治安のいい街だから、護身用のガンだって必要はない。

そのかわり、店の裏の試射場をいつでも貸してくれた。週末には二十マイルを走って、撃ちたい分だけのタマを買い、このうえなく健全な趣味を楽しんだ。

赤い土を盛り上げた標的に向かって、グリップのダブル・セフティーを絞り、トリガーをゆっくりと引くその一瞬だけ、俺は見知らぬ父親と飲んだくれの母親を、愛することができた。

おやじのせいでギャンブルはやらない。おふくろのせいで酒は飲めない。女と縁がないのは、誰のせいでもないが。

コルト・ガバメントは俺の宝物だ。こうして飢え死にする寸前まで手放す気にはなれなかったのだから、命と同じぐらい大切だと言っていいだろう。

ここしばらく、エディの試射場には行っていない。いいがかりとしか思えぬ理由で、ホテルの駐車場係を馘《くび》にされてから、かれこれ三ヵ月になる。職探しをしているうちに金が尽き、とうとう食いつめてしまった。

レクサスのボディの傷は、俺のミスじゃなかった。バレット・サービスを担当したのはたしかに俺だが、べっこりとへこんだ傷はほかの客が当て逃げしたか、最初からついていたかのどっちかだ。車の持ち主は怒りをぶちまけ、マネージャーは困り果て、仲間たちは自己弁護に必死だった。そうこうしているうちに、口数の少ない俺が犯人にされちまった。

エディは前々から、ガバメントを買い戻したいと言っていた。どうやらこの名銃は近ごろガン・マニアの間で人気が上がり、高値で売り買いされているらしい。八百五十ドルの買い値で引き取ったうえに、千ドル以下のガンをどれでもくれてやる、とエディは言った。こいつは俺の宝物で、俺の家族で、俺の良心だ。

銭金じゃねえさ。俺はガバメントに惚れこんでいた。こいつは俺の宝物で、俺の家族で、俺の良心だ。

だからけさ早く、腹がへって目が覚めたとき、泣けて泣けて仕方がなかった。命惜しさにかけがえのない宝物や、家族や、良心を売っ払おうなんて、まっとうな人間のすることじゃない。

こいつに一発でもタマが入っていたなら、迷わず俺自身の心臓を撃ち抜いていただろう。だが、その一発を買うための、二ドルの金さえ俺は持っていなかった。

だったら二十マイルを走ってエディの店に行き、売り払う約束をして撃ちおさめのタマを貰う、という手はある。あとは赤土の射撃場の端で、この心臓をぶち抜けばいい。

無理だね、たぶん。今の俺にとっちゃ、八百五十ドルは目のくらむような大金さ。ベンジャミン・フランクリンのあの偉そうなツラを拝んだとたん、宝物も家族も良心も、くそくらえだと思うに決まっている。

その金で食いしのぎ、仕事にありついたとしても、きっと今の俺じゃない。今さら酒やギャンブルを覚えたりはしないだろうし、やっぱり女とも縁はないのだろうが、俺は確実に堕落する。たとえば、てめえの車をぶつけておいて他人のせいにしたり、無口で善良な仲間を平和のいけにえにするようなろくでなしになっちまうだろう。

それでいいのか、サム。

だったらいっそのこと、この路側でエアコンをかけたままコルトを抱きしめて、ミイラになったほうがマシじゃねえのかよ。

またウラウラと気が遠くなってきた。ここはどこだ。車も人影もないのに、役立たずの信号機が灯っている。砂漠から小さなトルネードが滑ってきて、交叉点を斜めに横切った。おいおい、信号無視だぜ。

俺の呟きが聞こえたのか、トルネードの野郎は消えちまった。くすぶった風景にまったくお似合いの、グロサリー・ストアの店先で。

時刻はまだ朝の八時だというのに、夏の陽ざしは痛いぐらいだ。ガソリンも切らさず、失神もせずにエディのガン・ショップまでたどりついたところで、まだ閉まっているだろうと俺は今さら気付いた。

その前に、コークとドーナツを。でもポケットの中は、クォーターが一枚とペニーだけ。

ふと、ひとつのアイデアがまるでちっぽけなトルネードみたいに、俺の頭の中で回り始めた。

きわめて不健全な、しかしいかにももっともらしいコルト・ガバメントの使用方法。

ギャング。

オー・イエーッ！

3

戸倉幸一はコーヒーの苦さに顔をしかめた。

律義にも二枚の一ドル札をレジの脇に置き、紙コップに注いで口をつけたとたん、あやうく吐き出しそうになった。

どうやらこのグロサリー・ストアは、十年前に進化を止めてしまったらしい。きょうびは自動販売機だって豆を挽くというのに、旧式のコーヒー・メーカーで煮つめられた液体に、文句をつける客はいないのだろうか。

四十になったとき、きっぱりとタバコをやめて、コーヒーもブラックで飲むことにした。糖尿病を患っていた父親が、何の節制もせぬまま知れ切った往生をしたからだった。あんがいなことには、禁煙よりもブラック・コーヒーのほうが難しかった。

そこで幸一は、しわくちゃの一ドル紙幣をもう一枚レジの脇に重ねて、脂だらけのケースの中から、なるべく甘くなさそうな、いわゆる「オールド・ファッション」ふうのドーナツを取り出した。これもまた、いつこしらえたドーナツかはわからないが、苦いコーヒーとはほどよく調和した。

カウボーイはまだか。もっとも、「三十分《ハーフ・アン・アワー》」は約束された時間ではなく、「できるだけ早く」という意味である。

落ち着け、と自分を励ました。いくら不安でも、この状況の吉凶を考えれば、ラッキーにはちがいないのだ。少くとも一時間、たぶん二時間くらい、へたすりゃやっぱり半日はかかるかもしれないが、それだけ幸福な時間を与えられたのだと思うことにしよう。

いったいこの五日間で、いくら負けたのだろうか。

分不相応にも、国外持ち出し限度の百万円を、信用組合の帯封つきのまま鞄に詰めこんできた。つまり、夏季のボーナスをそっくりそのままだ。まちがってもおふくろには言えない。

初日はルーレットでちまちまと遊び、二日目の晩にブラック・ジャックの連打を浴びてキレた。それからはマシンの森をあてどなくさまよう旅人となり、負けがこむほど奥深くに分け入って、持ち金がなくなったあとはひたすらＡＴＭの魔法の泉の世話になった。虎の子のシティバンクの口座は、たいそう便利だった。

そうしたわけで、いったいいくら負けているのか、正しくはわからない。ともかく、おふくろが聞いたら目を回すほどの大金を、大通り《ストリップ》のあちこちにばらまいたのはたしかだった。

だにしても、まさか二万ドル以上ということはあるまい。シティバンクのささやかな預金と、クレジット・カードのキャッシュ・ローンの限度額を合算しても一万ドルには満たないはずだから、奇跡の大逆転はまちがいなかった。

ドーナツをかじりながら、そうしてものすごくアバウトな計算をしているうちに、戸倉幸一の胸はようやく轟き始めた。この信じ難い幸運は、おふくろの日ごろの信心のたまものではないか、と考えたのだった。

もう金輪際、バクチはやめよう。それさえなければ、自分はたぶん真人間なのである。

正月休みには、飛行機にも乗ったためしのないおふくろを口説いて、ハワイに連れて行く。その気になれば、結婚だってあきらめる齢ではない。納豆一筋の会社は安定しているし、父親の遺してくれた家もあるし、血糖値は高いけれどまだ腹も出てはいない。

そうだ。明日はまちがってもカジノには足を踏み入れず、郊外のアウトレットに行っておめかしをしよう。

「よおし！」

戸倉幸一が声を上げて奮い立ったとき、店の前のパーキングに、砂煙を巻き上げて一台の車が滑りこんできた。

ヒラメのようなオールズモビルではなく、見ようによってはもっとオンボロのチェロキーだった。たぶんカウボーイに叩き起こされた胴元の係員が、今夜の便で帰国してしまうラッキーな日本人のために、二万ドルのキャッシュを運んできてくれたのだろう、と幸一は思った。

しかし、ドアの前に横付けされたチェロキーの中には、カウボーイ・ハットが見当たらなかった。運転席から、まちがってもマシン運営会社の社員には見えぬ、身なりの悪い黒人が降りてきた。

男は「CLOSED」のパネルを見て立ち止まり、肩をすくめた。何とも情けない表情である。

スモーク・ガラスごしに目が合ってしまった。何かを懇願している。水をくれ、か。

放っておけばその場に倒れてミイラになってしまいそうだし、まさかいきさつを説明するわけにもいかなかった。第一、そこまでの会話力はない。だとすると、仏様の功徳で金持ちになったことでもあるし、困った人のために、ここは善行を施すべきだろうと幸一は思った。あるいは、もしここで知らんぷりをしたなら、たちまち物語の亡者のようにクモの糸がプツンと切れて、血の池地獄に真逆様、すべてがご破算になるような気がしたのだった。

カウボーイが二万ドルを運んできたなら、どうせたっぷりとチップははずむのである。ミネラル・ウォーターとドーナツぐらいおごってやってもバチは当たるまい。いや、おごってやらなければきっとバチが当たる。

幸一はドアのロックを外した。

「メイ・アイ・ヘルプ・ユー？」

余分な英語は知らなかった。

「ヘルプ・ミー」

黒人は切実なしわがれ声で言った。ちょっと待て。この答えはちょっとおかしくはないか？

そう思う間もなく、幸一の胸元に拳銃がつきつけられた。

「アイ・アム・ア・ロバー……」

噛んで含めるように、黒人は言った。恋人《ラバー》？　いやちがう、強盗《ロバー》だ。でもふつう、強盗が「私は強盗です」と名乗るだろうか。

「イ、イッツ・ジョーク?」

「ノォーウ。アイ・アム・ア・ロバー」

「うわ。ええと、ショップ・イズ・クローズィング。アイム・ア・ビジター。アイ・ドント・ノウ。ヘルプ・ミー」

「ホワット?」と強盗は訊き返した。英語は通じたと思うが、意味がわからないのだろう。そりゃそうだ。店員の姿が見当たらず、英語もろくに話せぬ東洋人が、どうして店番をしている。

幸一はポケットの中の小銭を取り出した。せいぜい三十ドル。思い定めて拳銃片手に躍りこんできた強盗が、これっぽかしの金で引き下がるとは思えない。

「ドント・ムーヴ」

「はい、はい、動きません、動きませんとも」

自主的にホールド・アップした幸一を威嚇しながら、強盗はミネラル・ウォーターの栓をひねって咽《のど》を潤し、ドーナツを二つ三つ貪り食った。よほど飢渇していたのだろうが、さすがにコーヒーはまずかったらしく、一口飲んで顔をしかめた。

レジスターはロックされているうえ、強盗が力まかせに殴りつけても、微動だにしなかった。

強盗は拳銃を握ったまま、カウンターに俯して顔を被った。嘆いているヒマがあったらさっさと逃げ出せばよさそうなものだが、どうやら心が挫けてしまったらしい。あんがい気の弱いやつなのだろう。

「あの、プリーズ・ゴー・アウェイ。アイム・ジャパニーズ・ビジター。ユー・アー・ノー・プロブレム。何もなかったことにするよ」

慰めるように幸一は言った。強盗の呟きは、わが身の不運を嘆いているようだった。

黒人は年齢がよくわからないが、自分よりはいくつも下だろう。背が高く肩幅は広いのに、いかにも食いつめたと見える体は薄っぺらだった。

心の折れたこのすきに、躍りかかって拳銃を叩き落とせばどうにかなりそうな気もするが、幸一には事を荒だてたくはない事情があった。

強盗はふと、点滅をくり返すポーカー・マシンに気付いた。そこで今さらのようにギョッと目を剝き、銃口を幸一に向けた。

「ノー、ノー、エマージェンシーじゃないって。イッツ・ビッグ・ヒット。ロイヤル・ストレート・フラッシュ！」

言わでものことまで、つい言ってしまったとは思ったが、説明が省けたのはたしかだった。

“I want money, I need money!”

気の弱い強盗は乗りのよい性格らしく、手拍子を取りステップを踏みながら、ポーカー・マシンに近寄った。

「イッツ・ユア・ラック?」

「オー・イエーッ。イッツ・マイン!」

それから少くとも一分、もしかしたら十五分かそこいら、強盗は石になった。

気が弱くて乗りのよいやつだが、バカではないらしい。たぶん、石になっている間にすべてを理解した。

「ウェイト・フォア・マネー」

いかにも肚を括《くく》った、というふうに棒きれのような毛脛《けずね》をふんばって腕を組み、強盗は宣言したのだ。「二万ドルを待つぜ」と。

4

ジェシーパークからセントルイス・アベニューを東に二マイル行った四つ角だと、ケリーが言っていた。

店番はよれよれのじいさんで、客がいないときは大いびきをかいて寝ている。もっともケリーの知る限り、ちゃんと金を払って物を買う客には会ったためしがないそうだ。

ラックの陰に隠れて、何でも飲み放題、食い放題。キャンディーやチューインガムはポケットに詰め放題。

いちどじいさんが目を覚まして、追いかけられたことがあったけど、得意のスケートボードで逃げ切ったらしい。

この情報はケリーの置きみやげだった。ダディとマミーが離婚することになって、僕と同じ境遇になればもっと仲良しになれると思っていたのに、ケリーは太っちょママと一緒に引越すことになった。ダディとラスベガスに残るか、ママとロスに行くかという、きびしい選択の結果だった。でも、僕が口出しできることじゃなかった。離婚をした両親がラスベガスに住んでいて、週末にはファミリー・ディナーのテーブルを囲み、転校もしなくてすんだ僕はケリーよりずっと幸せだ。

長い夏休みも、もうじきおしまい。来週からは、ケリーのいない新学期が始まる。

ロスに引越すと聞いたとき、僕は目の前が真暗になって、かわいそうなケリーを勇気づけることも慰めることもできなかった。

それからの毎日、僕たちはずっと一緒だった。僕の家にはチャイルド・シッターがいるので、太っちょママは大助かりだったと思う。

クラスで一番体の大きいケリーは、十二歳以下には見えない。だからシッターは雇っていないのだけれど、もしご近所から通報されたら犯罪になってしまうから、太っちょママはひやひやだったはずだ。

ケリーはいつもおなかをへらしている。でも僕は万引きをしてまで食べ物や飲み物をほしくはない。お小遣いだってたっぷりもらっている。ダディとマミーの両方から。まるでそれぞれが僕の気を引こうとしているみたいで、いやなんだけど。

だから、ケリーの置きみやげには生返事をした。「マジかよ《リァリィ》」と興奮したふりはしたけど、もちろん万引きなんてするつもりはなかった。

きのうの朝早く、ケリーは太っちょママの運転する車で旅立った。また会おうね、とたがいに誓い合ったけれど、転校してしまった友達とは二度と会えないことぐらい、僕らは知っていた。

「レイ、宝島に行けよ。ほんとに飲み放題、食い放題なんだから」

別れぎわに僕の顔を抱き寄せて、ケリーは言った。「トレジャー・アイランド」がメガ・ホテルのバッフェではなく、セントルイス・アベニューのずっと東にある、グロサリー・ストアだということはわかった。

「なあ、レイ。誰にも言いっこなしだぜ。おまえだけに宝島のありかを教えたんだ」

それから柄にもなく声をつまらせて、「親友だから」と呟いた。

僕が両親の離婚に同意したのは、愛情がなくなったのなら仕方ないと思ったからだった。でも、大人の都合で親友が離ればなれになるなんて、ひどい話だ。僕らの友情は、小学校に入学してからずっと、どこも変わらないのに。

「行くわよ、ケリー」

太っちょママの運転するダッジは、「もうベガスなんてこりごり」とでもいうように、タイヤを軋ませて走り出した。二百ヤードも漕がないうちに、スケートボードはつき放されてしまった。僕らは「グッド・ラック！」と叫びながら、たがいが見えなくなるまで手を振り合った。子供にできることはそれだけだった。

ケリーはかけがえのない親友だ。だから僕は、初めてケリーのいないラスベガスの朝を迎えたとき、宝島をめざそうと思った。

それにしても、いったいどうなっているんだろう。

たしかにケリーの言った通り、店番のじいさんはレジスターのうしろのソファで、高いびきをかいていた。朝寝をするくらいなら、ぐっすり眠ってから店を開けりゃいいのに。

ボードをドアの脇に立てかけ、足音を忍ばせて店に入った。なるほど、食べ放題、飲み放題。とりあえずコークとチーズ、ちょっと古いモデルだけれど、思いがけなく並んでいたＳＯＮＹの携帯ゲーム機をゲット。すごいよ、ケリー。ここは宝島だ。

ところが、ラックに隠れてゲーミングにのめりこんでいると、お客さんが入ってきた。じいさんは大あくびをして立ち上がった。

どうしよう。コークは飲みかけ、チーズは食べかけ、ゲーム機のパッケージは破いちゃったし。今さら「これ下さい」なんて言えっこない。

ふいに赤ランプが点灯して、陽気な音楽が流れ始めた。見つかっちゃったのかな。パトカーにしては早すぎるけど。でも、どうやらそうじゃないらしい。

"I want money, I need money!"

カウボーイのじいさんと、アジア系のおっさんがダンスを踊り始めた。

わかった。ポーカー・マシンで大当たりが出たんだ。エッ、二万ドルだって！　どうしよう、きっと大騒ぎになる。どさくさまぎれに逃げ出せるかな。

そのうち、じいさんはどこかに消えてしまって、ラッキーなおっさんが取り残された。こいつは居眠りをするどころか、コーヒーを飲んだりドーナツをかじったりして、ちっとも落ちつかない。一瞬で大金持ちになったんだから当たり前だけど。

僕はラックの陰をはい回って、脱出するチャンスを窺った。ダッシュして、ドアのロックを外して、ボードに飛び乗るんだ。

捕まっちゃうかな。大当たりのポーカー・マシンをほっぽり出して追いかけてはこないだろうが、きっと警察に電話をする。

もしもし。スケボーに乗った十歳ぐらいの男の子で、ブカブカのTシャツにショートパンツ、ドジャースのキャップをかぶってます。

どんなに頑張ったって、建物もろくにない砂漠のまっただ中を、何マイルも逃げ切れるわけはない。捕まって、牢屋に入れられて、ダディもマミーも僕を愛してなんかいないから、きっと捨てられる。

あれこれ考えながらフリーザーのうしろで膝を抱えていたら、もっとヤバいことになった。

ギャングが飛びこんできた。うそだろ。オー・マイ・ゴッド！

もう何も考えたくはない。僕は目をつむり、耳を塞いで、これは悪い夢だと思うことにした。

レジスターはロックされていて、ラッキーなおっさんは小銭しか持ってなくて、もうじき二万ドルの大金が配達されてくる。

これって、どうなるの？

ただいまニュースが入りました。ネヴァダ州ラスベガス郊外のグロサリー・ストアに強盗が押し入り、数名の人質を取って立てこもっています。犯人は警察の説得に応じようとせず、最悪の場合は激しいガン・ファイトになるかもしれません。なお、人質のうちのひとりは十歳の少年で――。

そんなのいやだ。どうしてＣＮＮのキャスターは「ガン・ファイト」に興奮するのだろう。まるで「最悪の場合」を期待しているみたいに。

夢じゃないことはわかった。でもせめて、そんなニュースが現実になりませんようにと僕は祈った。

"I want money, I need money!"

どうして人はお金を欲しがるのだろう。ダディとマミーも、さんざすったもんだしたけれど、しまいにはお金の話ばかりになった。僕はお金なんか欲しくはなかったのに。養育費なんていうお金で、僕の幸せが買えるはずはないのに。

フリーザーの冷たさが背中からしみ入ってきて、僕はどんどんちぢこまった。

もしケリーの両親がうまくいっていたなら、あいつは万引きなんてしなかったはずだ。そして僕も、ケリーとの友情を理由にして、ここにくることはなかった。僕たちは失われた宝島を、この世のどこかに探していた。

僕はフリーザーから片方の目を覗かせて、ギャングとおっさんの様子を窺った。スモーク・ガラスに向き合って並ぶ二人のうしろ姿は、当たり前だけどものすごく緊張している。

「あー、ションベン」

ギャングがもじもじと足踏みしながら言った。

「プリーズ」と、おっさん。

「そうはいくか」

笑っちゃいけない。僕は口を押さえて、笑い声を嚙み潰した。

「よく聞けよ、ジャップ。俺はおまえの親友で、今しがた電話で呼び出された。心からの祝福をし、大金をガードするために、だ。わかったな」

日本人か。でも、英語は得意じゃないらしい。何を言っているかわからないのに、「イエス、イエス」と肯いている。

「俺の名前はサム。サミーじゃねえぞ、サムだ。こう見えても前科はねえから、IDナンバーを教えたって疑われやしねえ」

へえ、あんがい頭がいいな。大当たりを出した日本人が、ベガスに住んでいる友だちを呼んだ。お金を受け取って、そうとわからないようにガンをつきつけながら、二人仲良く車に乗って引きあげる。それで、日本人は砂漠の果てで殺され、何年もたってから白骨死体で発見されるんだ。CSIだってお手上げだろう。イッツ・パーフェクト。

「おまえの名前は？」

「マイ・ネーム・イズ・コウイチ・トクラ」

「え、何だって？　コーウィティー・トクーラ」

「ノー。コウイチ・トクラ」

「言いにくいな。コーウィーでいいか」

「イエス。ノー・プロブレム」

「仕事は？」

「あ、ああ。ええと、ジャパニーズ・フーズ・カンパニー・ビジネス・マン。ドゥ・ユー・ノウ・ナットー？」

「ナットー。オー・イエー。ファーメンティド・ソイビーンズ。デリーシャス」

発酵させた大豆って、何だろう。おいしいのかな。あ、マミーがダイエットに使っている、トーフ・プディングの親戚かもしれない。ベガスにはあちこちに日本料理店があって、ちょっとしたブームだ。世界一ヘルシーな食べ物なんだって。

「いいか、ジャップ。おまえにはすまねえと思うがな、こっちだって体を張ってるんだから、分け前はハーフ・アンド・ハーフでどうだ。悪い話じゃねえだろう」

「イエス、イエス」

「よし、それで決まりだ。おまえ、いいやつだな」

「イエース。プロミス、プロミス、ユー・アー・ナイス・ガイ」

変な約束だね。握手をするくらいなら、ガンは下ろすべきだと思うけど。ギャングは頭がいいのか悪いのかわからない。でも、その通りになればめでたしめでたし。賞金は一万ドルずつ山分けで、誰も死ななくてすむ。じいさんがひとりになったら、僕も脱出できる。いや、お小遣いをはたいて、チーズとコークとゲーム機の代金を払っていこう。足りるかな。

あ、じいさんが戻ってきたみたい。二万ドルを運んできたんだ。ポンコツのオールズモビルが赤信号で停止し、じいさんは運転席の窓を開けて、カウボーイ・ハットを振った。

でも、そのうしろにはピッタリとパトカーがついている。エマージェンシー・ランプを回転させた、二万ドルのポリス・エスコート。

思いもよらぬ、最悪の展開《ザ・ワースト・デブロップメント》。

5

「スマイル！」

銃口を背中に押しこまれて、戸倉幸一はむりやり笑顔を作った。

「ラーフ、ラーフ、ユー・アー・ラッキー・ガイ！」

ワッハッハッ、とサムも大声で笑った。これまでの人生で、泣きたくなるくらい嬉しかったことは何度かあるが、笑いたくなるほどつらかったという経験はない。

しかし、白昼の銃撃戦で命を落としたくなければ、ここは自分自身に「依然としてラッキー・ガイ」だという呪《まじな》いをかけて、大笑いするほかはなかった。

考えてみれば、カウボーイのじいさんがひとりで二万ドルの大金を運んでくるはずはないのである。オールズモビルの助手席には、マシン管理会社の担当者とおぼしきブラック・スーツの紳士が乗っており、続いてパーキングに乗りこんできたパトカーからは、背は低いけれど筋骨たくましい、ヒスパニック系の警察官が降り立った。むろん、制服の腰には拳銃が吊られている。

心臓が口から飛び出そうだ。泣くんじゃない、笑え。おやじの通夜の席で坊主が不慮の屁をたれたときのほうが、やっぱりずっと楽だったと幸一は思った。

おいぼれのカウボーイはさておくとしても、ゲーミング・ネットワークのマネージャーはたいそうな貫禄で、たぶん若い時分はマフィアの一味だったのだろうと思えた。ましてや警察官は、もともと人を疑ってかかる商売なのである。

「コングラッチレーション！」

三人は口々に祝福しながら、ドアを押し開けて店の中に入ってきた。冷気に触れたとたん、それぞれのしかめ面はなごんだ。みんながクラスメイトか、さもなくば毎日がクリスマスみたいな、満面のラスベガス・スマイルだった。

「フー・アー・ユー？」

べつだん怪しむふうもなく、カウボーイがサムに訊ねた。

「アイム・ヒズ・ベスト・フレンド――」

なんとか、かんとか。たぶんとてもコンパクトに、自分がここにいる理由をサムは説明した。

一見して気が弱そうなやつだが、ここ一番の交渉の際にはポテンシャルを発揮する、ベテラン営業マンにはよくいるタイプなのかもしれなかった。なにしろとっさに拳銃をショート・パンツの尻に差しこみ、あろうことか一歩進み出てカウボーイと握手をかわしたのだ。

警官に目配せを送る勇気など、とうていなかった。ともかく銃撃戦だけはごめんだ。命の瀬戸際に立たされているこの時間が、一秒でも早く終わってほしかった。

ところでその警官といえば、涼しい店の中に入ってサングラスを外すと、アルバイトのガードマンだっていくらかマシだろうと思えるぐらい、のどかな顔をしていた。もしサムがその気になれば、拳銃を抜き合わせる間もなくくたばるにちがいなかった。

ポリス・エスコートの任務などてんから頭にないようで、「アイム・ジェイソン」などと勝手に自己紹介しながら、幸一とサムの手を握った。

警官までがこの幸運を、わがことのように祝福してくれるのは嬉しい。しかし、世の中には猜疑心を徹底的に欠いた警察官もいるのだと、幸一は初めて知った。もっとも、世間には病弱な医者も不器用な大工もいるだろうと思えば、とりたててふしぎな話ではなかった。

さらに、もうひとりのブラック・スーツといえば、これもどうやら灼熱の太陽と歪んだスモーク・ガラスがコワモテに見せていただけで、エアコンの冷気に当たったとたん陽気な葬儀屋に成り下がって、「アイム・ボブ」と握手をかわし、のみならず尻に差しこんだ拳銃スレスレに腕を回して、サムを抱きしめた。

猜疑心を欠く警官は、ただの興味からサムと幸一の関係を訊ねた。淀みなくサムは答えた。

え、何だって？　エア・フォースにいたころ、ヨコタのキャンプで知り合ったんだと。パチンコ・カジノはベリー・ホットで、いつもこいつとエキサイトしていたんだってさ。

「そうだろ、コーウィー」

「イエース。ヒー・イズ・マイ・ベスト・フレンド！」

頼むからムダ話をやめてくれ。小便が洩れる。おまえだって同じだろ、サム。

ようやくブラック・スーツのボブが、ブリーフ・ケースから札束と書類を取り出した。

「コングラッチレーション。プリーズ・サイン・ヒア」

この書類は知っている。外国人のプレイヤーが千二百ドル以上の払戻しを受ける場合に必要な免税書類である。

サインをする手は震えたが、この際だから怪しまれはしないだろう。

帯封つきの百ドル紙幣が二束、ズシリと幸一に手渡された。

「フォー・ユー」

一枚を抜き出して、カウボーイに気前よくチップを切った。

「フォー・ユー」

「サンキュー・ソウ・マッチ」

ボブにも百ドル。しかしさすがに、警察官は受け取ろうとしなかった。

「ベスト・フレンドには？」

ジェイソン巡査の顔から、ほほえみが消えていた。少くとも十秒、もしかしたら一分かそこいら、グロサリー・ストアは冷凍庫になった。

「あ。その、あの、そうそう、ハーフ・アンド・ハーフ」

この沈黙をどうにかしようと思い余って、口が滑ってしまった。

「ハーフ・アンド・ハーフ？」

まるでコーラスみたいに、ジェイソンとボブとカウボーイは口を揃えた。

「オー・イエー。ウィー・アー・ベスト・フレンズ！」

サムが赤い口を開けて、喧《けたたま》しく笑った。この大笑いは、とんでもないギャンブルだと幸一は思った。笑いながらサムの右手はショート・パンツの尻を這っており、ジェイソンの左手は腰のガン・ホルダーに触れていた。

身じろぎもできぬまま、幸一はきつく目をつむった。もし奇跡が起こって、このピンチを脱することができたら、一生ギャンブルはやらないと誓った。

幸一を睨みつけて、警官は問い質した。

「アー・ユー・オール・ライト？」

「イ、イエス。ノー・プロブレム」

「リアリイ？」

「イエス、イエス、オール・ライト」

そのとき、奇跡が起きた。

店の奥から、天使か妖精の化身にちがいない金髪の少年が走り出てきて、携帯ゲーム機をかざしながらサムの腰にかじりついたのだった。

「ダディ！　アイ・ラブ・トゥ・ゲット・イット！」

とたんに張りつめていた空気が緩んだ。

カウボーイが目を細めて訊ねた。

「養子《アダプティー》かね？」

とっさに少年の頭を抱き寄せてサムが口にした嘘は、その真に迫った悲しみの分だけ、そっくり幸一の胸に届いた。

こいつの父親は、イラクで戦死したんだ。酒も飲まなきゃバクチも打たない、エア・フォースの英雄だった。母親は行方しれずだから、俺が引き取ることにした。事情を知っているコーウィーは、ときどき様子を見にきてくれる。だから今も、幸運の半分は俺のものだと言ってくれた――。

サムは話しながら黒い涙をほろほろと流した。とんでもない大嘘だと思いはしても、幸一の胸もつまってしまった。そしてどうしたわけか、サムのショート・パンツに顔を埋めて、天使までが泣き出した。

オール・ライト。ともかく、これでいい。

6

現金の配達人と警察官が帰ってしまったあと、僕たちはそそくさと店を出た。スモーク・ガラスのドアを開けたとたん、熱風と太陽に目がくらんだ。

「これでやっと、店を閉める決心がついたよ。グッド・ラック」

カウボーイのじいさんは嬉しいのか悲しいのかわからない顔をして、そう言った。知らんぷりをしていたけど、カウボーイはすべてをお見通しだったんだと思う。サムがショート・パンツのお尻に差していたガンは、丸見えだった。

「グッド・ラック」

僕たちは口々に言った。ラスベガスには「グッド・バイ」という言葉がない。どんなにつらい別れのときでも、たがいの幸運を祈ることが、ハワード・ヒューズとマフィアがこしらえたこの町の礼儀だった。

オンボロのチェロキーはオーブンになっていた。スケートボードのほうがよっぽどマシだと思ったけれど、膝に抱えてローストチキンになるほかはなかった。もちろん、ガンが怖かったからじゃない。サムとコーウィーはギャングと被害者じゃなくて、心やさしい養父とその親友だった。

「グッド・ラック！」

カウボーイのじいさんは、不自由な片脚を曳いて歩き、砂煙の中に姿が消えてしまうまで、ずっと両手を振っていた。

“I want money, I need money!”

サムとコーウィーは、ずっと唄い続けていた。二人とも歌詞はそのワンフレーズしか知らないらしく、続きはスキャットになった。

そんなわけだから、チェロキーがモハヴェ砂漠のまっただ中を走り続けても、不安には思わなかった。

「ねえ、サム。エアコンを入れてよ」

リア・シートから二人の間に割り込んで、僕はお願いした。すると、サムは運転をしながらからっぽの燃料計を指さして、ちょっと気まずそうに言った。

「すまないが、コーウィー。ガソリン代をめぐんでくれねえか」

あれ？　ハーフ・アンド・ハーフじゃなかったのかな。

「オブコース！」

チェロキーは砂漠に呑みこまれた道路の端に止まった。

「話し合おうぜ」

サムがガンを握りしめて車から降りた。やっぱりここで殺されるのかな、と思った。

「ノー・ノー」

コーウィーは札束をそっくり窓からつき出して、命乞いをした。

「そうじゃねえって。ベスト・フレンドなら、何もなかったことにしてくれねえか。ほれ、この通りだ」

サムは痩せた腕を伸ばして、銃口を空に向けた。トリガーを引いても弾は出なかった。でも僕はそのとき、一発の弾丸が音もなく、空の高みに吸いこまれたような気がした。ブルー・ブルー・スカイ。ひといろの青を穢《けが》すものは、ネリス空軍基地を飛び立った戦闘機の残す、一本の航跡だけだ。

しばらく物思うふうをしたあとで、コーウィーは車から降りた。そして、すっかりしょぼくれてしまったサムの体を抱きしめ、一万ドルの札束をショート・パンツのポケットにねじこんだ。

ケリーの言った通り、あのグロサリー・ストアは宝島だったんだ、と僕は思った。飲み放題、食べ放題だからじゃない。僕はあの店から、かけがえのない宝物をどっさり持ち帰った。目には見えないけれど、けっして錆びることのない首飾りや、鋼鉄より硬いダイヤモンドや、一振りでどんな悪魔も退散させる黄金の剣を。

来週からは、ケリーのいない新学期が始まる。でも、もう淋しくなんかない。

「なあ、誰にも言うなよ」

コーウィーが持ってきた何枚もの百ドル札を、僕は笑って押し戻した。

口止め料だって？　おいおい、男を安く見るなよ。

ローストチキンになるのはいやだ。

僕はオーブンから飛び出して、まだ見ぬ海よりもずっと大きくて青いにちがいない空めがけて、思いきり翼を拡げた。

初出

獅子吼　別冊文藝春秋二〇一三年五月号
帰り道　オール讀物二〇一〇年一月号
九泉閣へようこそ　別冊文藝春秋二〇一五年三月号
うきよご　オール讀物二〇一五年八月号・九月号
流離人　オール讀物二〇一四年八月号
ブルー・ブルー・スカイ　オール讀物二〇一五年十二月号

浅田次郎（あさだ・じろう）
一九五一（昭和二十六）年、東京生まれ。主な作品に『きんぴか』『プリズンホテル』『天切り松　闇がたり』『蒼穹の昴』シリーズの他、『地下鉄（メトロ）に乗って』（第十六回吉川英治文学新人賞）、『鉄道員（ぽっぽや）』（第百十七回直木賞）、『壬生義士伝』（第十三回柴田錬三郎賞）、『お腹召しませ』（第一回中央公論文芸賞、第十回司馬遼太郎賞）、『中原の虹』（第四十二回吉川英治文学賞）、『終わらざる夏』（毎日出版文化賞）、『一路』『黒書院の六兵衛』『わが心のジェニファー』などがある。

獅《し》子《し》吼《く》

二〇一六年一月一〇日　第一刷発行

著　者　浅《あさ》田《だ》次《じ》郎《ろう》
発行者　吉安章
発行所　株式会社文藝春秋
〒一〇二―八〇〇八
東京都千代田区紀尾井町三―二三
電話　〇三―三二六五―一二一一

印刷所　萩原印刷
製本所　加藤製本

ISBN 978-4-16-390384-2
Printed in Japan